ハヤカワ文庫JA

〈JA1432〉

星系出雲の兵站—遠征—4

林　譲治

JN104080

早川書房

8516

目次

星系出雲の兵站―遠征―4

登場人物

水神魁吾……………壱岐方面艦隊司令長官
火伏礼二……………同兵站監

相賀祐輔……………壱岐星系要港部司令官

シャロン紫檀…………コンソーシアム艦隊独立混成降下猟兵旅団長
マイザー・マイア……同旅団長附
ファン・チェジュ……重巡洋艦スカイドラゴン艦長

烏丸三樹夫……………壱岐方面艦隊第二一戦隊司令官
三条新伍……………同先任参謀
一木魅猫……………壱岐方面艦隊奈落基地司令官
川口清水……………同先任参謀

バーキン大江…………壱岐方面艦隊敷島星系機動要塞司令官
メリンダ山田…………同経理部長
ブライアン五月………壱岐方面艦隊第一二戦隊司令官
ジャック真田…………危機管理委員会科学局天文学部海洋天体学チームリーダー
コン・シュア…………機動要塞分析班上級主任
大月カンサ……………軽巡洋艦クリシュナ艦長
ジャオ・スタン………駆逐艦マツカゼ艦長

タオ迫水……………壱岐星系統合政府筆頭執政官
ブレンダ霧島…………危機管理委員会科学局副局長
キャラハン山田………同スタッフ
セリーヌ迫水…………壱岐星系防衛軍第三管区司令官

ウンベルト風間………独立混成降下猟兵捜索中隊長
バルボ・ビアンキ……同准尉

1　猿の夢

敷島《しきしま》星系、惑星桜花《おうか》の衛星美和《みわ》。

惑星敷島から航行してきた宇宙船により運ばれ、静止軌道上に設置された宇宙ステーションSSX3は、明らかに人類の存在を意識したものだと思われた。

降下猟兵旅団のウンベルト風間《かざま》大尉指揮下の捜索中隊が墓所周辺での調査活動中に、部隊直上に投入されたためだ。

このSSX3が運ばれる一週間ほど前には、ゴートの潜水艦が浮上し、人類の前で仲間を処刑することも行われていた。この二つの行動にも何らかの関係があると思われていたが、現時点では推測の域をでなかった。

SSX3は人類の存在を意識しているからこそ、美和に送られたと考えられた。そうであった場合、内部を本格的に調査することは、敷島文明の担い手であるスキタイとの意思疎通に寄与すると考えられた。

具体的には、SSX3の内部に数人の科学者が滞在し、直接その調査を始めたのだ。SSX3のシリンダー内はほとんどの容積を、流体コンピュータと思われる複雑怪奇なパイプ群が占領していた。

これら流体コンピュータと思われるパイプの構造は、すでにカメラドローンなどを活用し、動作原理については解析されている。ただ、具体的な情報処理までは解析は進んでいない。

SSX3には流体コンピュータの他に、これを統括するらしい直径四メートルほどの球体が存在していた。非破壊検査によれば、この球体の中にはゴートと思われる生物が収容されているだけでなく、無数のケーブルやチューブと接続されていた。

つまり流体コンピュータの上位機構は、この球体の中のゴートということになる。

このゴートの役割は、SSX3に装備されている地上観測用の望遠鏡のデータ処理と思われた。このため地上に記号などを描いてコミュニケーションを試みたが、それに対してはまったく反応がなかった。

そうした中で、ジャック真田《さなだ》たちの科学者チームは、SSX3に対する踏み込んだ調査に取り掛かろうとしていた。

ブライアン五月《さつき》司令官指揮下の巡洋艦ヤクモは、その支援任務に従事している。科学者たちの生活支援はこの宇宙船が担当する。そのためのラボも含む増設モジュールが追加されていた。

さらに必要があれば、ブライアンの第一二戦隊の艦艇がすぐに集結できるようになっていた。

SSX3のジャングルのような複雑なパイプ構造も、中心部だけは幅三メートルの通路のような空間が続いていた。

真田たちは、そこに小規模な居住区画を設定し、常時、人員をおいて観察にあたっていた。そして彼らの調査は次の段階に移行した。球体内のゴートに対する直接的な接触である。

「穿孔《せんこう》準備！」

真田が命じると、スタッフは作業卓からコマンドを送る。

ブライアンや、ヤクモに待機する科学者チームも、それらの様子を仮想空間上で共有している。

球体に固定された細いドリルビットが壁の穿孔を続けた。ドリルは髪の毛ほどの太さのパイプの中で回転し、少しずつ球体の壁をうがってゆく。

レーザーを用いる方法もあるが、装置が大げさになりすぎるのと、球体の材料はそれほど硬度の高いものではないため、ドリルが用いられるのである。

ドリルビットの周囲を覆う針のようなパイプはセンサーも兼ねており、壁の厚みを計測しながら穿孔を進めた。そして貫通の手前で止められると、一度ドリルは引き抜かれ、その代わりにパイプには髪の毛よりも細いセンサー針が差し込まれる。

「穿孔開始！」

真田の命令とともに、センサー針が球殻の内部に挿し込まれる。パイプの中に球体内の液体が流れてくる。彼らがいる居住区画のモニターに、液体の分析結果が表示される。

「水は当然として、塩化ナトリウム、塩化マグネシウム、硫酸マグネシウム、硫酸カルシウムで九九パーセントを占めるのか」

真田にとって、それらの組成はお馴染みのデータだった。出雲《いずも》や壱岐《いき》など独自の生態系が発達している惑星の海水組成に他ならない。

むろん惑星ごとに比率などの違いは多少あるが、宇宙はそうした元素分布では均質な傾向がある。

「これが敷島の海水組成なんでしょうか？」

ブライアン司令官は、それが気になった。

「状況から判断すれば、その球体を満たしている液体は、司令官のおっしゃるように敷島の海水でもおかしくない。ですが、これだけでは結論はだせません。

それよりも、司令官はおかしいとは思いませんか？」

真田は何かに当惑しているようだった。

「何がでしょう？」

「ゴートはいまでこそ美和の海中で文明を維持してますが、潜水艦内は与圧されていたことからも明らかなように、陸棲生物です。なのに、どうして球体を海水で満たさねばならないんですか？

それに、内部のゴートの大きさは身長一七〇センチ前後。我々と大差ない。にもかかわらず球体の直径は四メートルはある。明らかに過剰ですよ。どうしてこれだけの液体が必要か？」

「惑星桜花は磁場の強い惑星です。それによる放射線防御でしょうか？」

ブライアンに思い浮かぶのはそれくらいしかない。しかし真田によれば、それも正解ではないらしい。

「SSX3の流体コンピュータが、毛細血管のように施設内部に充塡《じゅうてん》されているのは、確かに放射線防御の意味もあるようです。内部は放射線量も有意に低いですから。

高加速度運動をする場合、比重の等しい液体の中に身体を浮かべていれば、かなりの荷重にも耐えられますが、スキタイの宇宙船はそれほどの加速度は出していません」

計測データはさらに増えていた。真田は表情を曇らせる。

「どうしました、真田さん？」

「この液体の溶存酸素濃度です。リットルあたり五ミリグラム以上あります。簡単に言えば魚が生息できます」

どうして魚が生存できるほど溶存酸素濃度が高いのか？　ブライアンにもそれは不自然に思えた。放射線対策にせよ、加速度対策にせよ、水と塩分があれば十分だ。

多少の溶存酸素なら不思議はない。だがそれなりの設備を用意して、魚が生息できるほどの酸素濃度を維持する合理的な理由があるとは思えない。

だがその答えは、球体内部の映像が再現されることで明らかになる。

穿刺した針状のセンサーには受光素子があり、それが回転しながら移動することで、立体的な画像データが得られる。

球体への穿孔は三ヶ所で行われ、画像データはその三方向から得られた。そして最後に穿刺《せんし》した針により、球体の中のゴートから生体サンプルも回収された。

サンプルを採取した瞬間、ゴートは痛いのか身体を震わせた。しかし、それ以上の反応はなかった。

「真田さん、このゴートの首の両側にある羽のようなもの、鰓《えら》ですか？」

非破壊検査では解像度が低くわからなかったが、ゴートの首筋に薄い襟巻きのようなものが広がっていた。細かいヒダが多く、毛細血管も多数走っていた。

「鰓……そうですね、鰓なんでしょうな。組織を分析しなければわかりませんが、あれが鰓であるなら溶存酸素濃度が高いのも、球体の容積がゴートの身長に比して大きいことも説明はつきます」

だがブライアンも真田もほぼ同時に、鰓の存在が示す矛盾に気づいた。

いままで墓所で回収したゴートの死体に鰓などない。

そもそも鰓呼吸をする生物なら、潜水艦の構造も違ったものになっているはずだ。

「真田さん、どういうことでしょう？」

「わかりません。ともかくＤＮＡの分析を急ぐことです」

回収された球体内のゴートのＤＮＡサンプルは、一部が定時連絡に訪れた駆逐艦ヤマビコに渡され、残りは巡洋艦ヤクモに増設したラボで分析された。そこでできる分析は限られていたが、調査方針を立てるための参考にはなった。

「現在、我々が入手できた生物のサンプルは三つ。ＳＳＸ１で発見された缶詰の中身、墓所のゴートの死体、そしてＳＳＸ３の球体の中にいる鰓呼吸をしている生物です」

真田は、ブライアンやデータリンクで結ばれている地上の風間たちにも説明する。

「惑星敷島の生態系には無数の生物が生息しているでしょう。しかし、我々が入手したのは、その中でわずか三種類に過ぎない。そこから導かれる結論には、今後の調査研究が大きく修正される可能性がある。

それを承知で言うならば、この三種類の生物はゴートを起点として、遺伝子解析では非常に近い関係にあると考えられます。概《おおむ》ね、ゴートを人間とすれば、球体の生物は猿に相当する」

「猿といっても色々な種類がありますが」

それは、地上にいる降下猟兵のバルボ・ビアンキ分隊長だった。

「猿というのは便宜的にそう呼んでいるに過ぎません。ただゴートの類縁種であるとは言えるでしょう。

ただ意外に思われるでしょうが、あくまでも遺伝子の比較で言うならば、缶詰の中のカエルのような生物のほうが、どうやらゴートには近い。

まあ解釈は幾つも可能です。まずカエルについては食料として缶詰にされていたため、生体は完全ではない。遺伝子の損傷も少なくない。系統樹でどこに位置するかについては曖昧さが残ります」

その場の全員の視界の中に、系統樹が現れる。ある動物Xが存在し、そのXからゴートと猿の二つの系統にわかれ、さらにゴートの系統からカエルが分岐していた。

「三種類の生物から作り上げた系統樹なので、将来、新事実によって修正されるのは間違いないでしょう。カエルとゴートの関係も分岐ではなく、あるいはこのカエルからゴートが進化した可能性も否定できない。

ただ現状では、猿系統とゴート・カエル系統は比較的古い時代に分岐していたということです」

そして猿の映像が浮かび上がる。大きさは人間ほどで左右の首筋に鰓があり、さらに腕の長さに左右の違いはない。

鰓の関係か、頭部は埋没気味であったが、左右の眼球は魚類などとは異なり、立体視が可能な配置である。口はあるが閉じているので歯並びまではわからない。

猿もまたゴートのように体毛はなく、灰色の皮膚で覆われている。生態はわからないものの、全体的に水中を泳ぐのには抵抗が少ないように思われた。

「敷島文明に関して、仮説として二種類の知性体が存在していたのではないかというものがありました。

今回の調査でその仮説が証明されたわけではありませんが、可能性は高まったと言えるでしょう。

まず猿は、鰓の発達具合から見て水棲動物と言えるでしょう。対するゴートとカエルは陸棲動物と考えられる。

ただ猿の手足の発達具合などから考えると、完全な水棲生物でもなく、海岸や水辺での生活もある程度は可能であるように見えます。

だとするならば、ゴートと猿は生活圏が完全に分離されているわけではなく、海岸のような場所で生活圏が重なっていたと考えられるわけです。猿は知性体なのかという問題には、未知数が残されているのは確かです。しかし、SSX3を制御できるだけの能力がある。自由意志もあるのかもしれません。そうであった場合、惑星敷島の文明はゴートだけではなく、ゴートと猿の少なくとも二種類の知性体により構築されたと言えます。ただ一つの文明を共有する二種類の知性体が、社会の中でどのような関係であったかはわかりません。SSX3では、猿は機械の制御装置として用いられています。過去はどうあれ、現状は猿にとってフェアな関係ではないようです」

地上のウンベルト風間からは、軍人視点の質問が為された。

「敷島に投入した探査衛星によれば、敷島は小惑星衝突のあと核戦争を行ったと思われるクレーターが、多数発見されました。それは猿とゴートの戦争であり、両者の力関係はその結果、今日の形になったとは考えられませんか？」

「可能性の一つとしては否定しません。しかし、言えるのはそれだけです。戦争があったというのも状況証拠です。ゴートと猿が共棲する文明の中での、集団間の戦争かもしれません。戦争の原因など、我々には確認しようもない」

真田はそう、戦争の話題を切り上げる。

「重要なのは過去ではなく現在であり、未来です。ガイナス兵が我々の前に現れた時、科学者コミュニティの間には疑問があった。ガイナスはなぜ、短期間に人間を改良し、ガイナス兵という形で量産できたのか？

さらに、なぜガイナス兵の集合体という形で、集合知性を作り上げたのか？

前者の疑問は、バイオテクノロジーの水準が高いことで説明できます。問題はむしろ、後者です。知性体を作るのに、どうして数十万ものガイナス兵を用意するという迂遠《うえん》な真似をするのか？少なくとも人類である我々には、その手段に何のメリットも感じられません」

画面は、ヒラメのような生物に変わる。ただしそれは魚ではなく、ヒューマノイドの一種に見えた。猿とは明らかに別の生き物だ。

「このシート状の生物は、壱岐星系で五賢帝と交渉中の烏丸《からすま》先生からのデータです。ガイナスニューロンと呼ばれるもので、集合知性あるいはそれに準じるものとして、ガイナス兵の情報処理機能のみを特化させたものらしい。

これでわかるのは、ＳＳＸ３の猿やガイナスニューロンなど、惑星敷島の文明にとって、高等生物を改良し、高度な処理機能を持った道具として活用するのは当たり前ということだった。

我々には理解し難いが、ガイナスやゴートにとっては自然な発想だった。一つの文明に二種類の知性体が存在したという特殊な環境から生まれた文化なのかもしれませんが、これも現時点では憶測に過ぎない」

ブライアンはそれに対してある疑問を投げかける。

「美和のゴート社会にも猿はいると思いますか？」

意外にも、真田はこの問いかけに即答した。

「たぶんいないでしょう。

一つは美和の海中は嫌気性な環境であり、猿の鰓では溶存酸素濃度が低すぎて生存できません。また海水の組成が球体内の液体とはかなり異なりますから、生存には不利です。

美和の海洋が活用できないのであれば、クローンにせよ何にせよ、ゴート社会がインフラの一部として猿を量産し続けるのは、却《かえ》って負担が大きい。自分たちの食糧生産も必要です。今の彼らには維持できないと考えるべきでしょう。

ゴートが老朽潜水艦を使い続けているのも、生産資源としての猿が活用できないことも大きいかもしれません」

ブライアンは真田の仮説に興味を持った。

「真田博士に伺いたいが、惑星敷島を調査するとして、何が必要です？」

軍人側からそんな質問が来るとは真田も予想していなかったのだろう。彼の動きが止まった。

「理想を言えば惑星全体への有人による調査チームの派遣ですが、現状では無理なのは承知しています。侵略と誤解されても面白くない。

ただＳＳＸ３のことなどから判断して、ゴートは我々の存在をすでに認知しているでしょう。

ですから、隠密行動である必要性は必ずしもないはずです。ただ、今現在、敷島において文明を維持している知性体であるスキタイの正体も不明です。ゴートとの類縁種とは思いますが、生活環境の違いが文化面でどんな違いをもたらしているのかまるでわかりません。道具として利用されているだけに見える猿たちこそ、スキタイかもしれません。

そうしたことを考えたなら、地上走行用の大型ドローンと、空中を飛行するドローンの二種類を投入するのが現状ではベストと考えます」

おそらく真田はすでにそうしたドローンを検討していたのだろう。地上部隊の協力について言及しないのも、ドローンではそんなものは不要と考えているためか。

真田のことであるから、機動要塞の工場で製造可能な設計だろう。そこに抜け目はあるまい。

ただブライアンは、そんな真田にある事実を指摘する。それが司令官の義務と感じるからだ。

「となれば、我々だけでは決められない。惑星敷島に直接的なアクションをとるとなれば、危機管理委員会の承認が必要ですな」

＊

惑星敷島へのドローン投入の案件は、機動要塞のバーキン大江《おおえ》司令官より、危機管理委員会に提出された。

そのことは、壱岐の宇宙要塞に司令部を構える壱岐方面艦隊司令部にも報告されていた。そして数時間後、方面艦隊としての意見はどうかと、タオ迫水《さこみず》名で危機管理委員会は問い合わせてきた。

どうも危機管理委員会のメンバーの一部から、敷島星系について謎ばかりが増えて、確定的なことがほぼわからないという状況に、疑問の声が上がっているらしい。

これは水神魁吾《みずかみかいご》司令長官も感じていたことだ。危機管理委員会のメンバーすべてが科学や文化への造詣が深いわけではない。異星人との接触と交渉という未知の分野について、精度の高い情報を集めるためには、どうしても時間がかかることを委員全員が理解できるわけではなかった。

和平交渉の条約文を起草して双方がサインすれば、ガイナスとの紛争は終わると本気で考えている人間さえいた。そうした委員にしても決して愚かではない。本当に愚かであれば危機管理委員会のメンバーにはなれなかっただろう。

ただ人間とガイナスの違いに理解がないだけだ。双方の間に条約文という概念を一致させるだけで、どれほどの難題を解決すべきかを理解する想像力がないのである。

このような背景から危機管理委員会の空気としては、ドローンでも降下猟兵でもどんどん敷島の地表に送り込めというのは極端としても、直接的なアプローチは必要という意見が大勢という。

だからタオ迫水危機管理委員会議長は、方面艦隊司令部に諮問《しもん》してきたのだ。非公式ながらタオの意図として、機動要塞側の自由裁量を拡大し、調査活動に機動力をもたせたいらしい。

これは、バーキン司令官の機動要塞建設の工期短縮を実現した手腕と、惑星敷島への測地衛星投入など権限を逸脱しない中でのバランスの取れた采配が、危機管理委員会の信用を勝ち得たことが大きかったらしい。

したがってタオの意図としては、水神司令長官と火伏礼二《ひぶしれいじ》兵站監が了承のサインをすれば機動要塞司令部の権限拡大に着手できる、そういうことらしい。

「ドナルド・マッキンタイア軍務局長から、諮問があったのだがな、バーキンは遠からず中将になるかもしれん。階級だけで言えば俺と同格だ。まぁ、同じ中将でも、先任者として階級章の横線は俺のほうが多いけどね」

火伏は水神に、開口一番そう挨拶した。

この時、火伏礼二は宇宙要塞の水神司令長官のオフィスに招かれていた。危機管理委員会の案件を処理するためだ。こうした機会でもないと、多忙な二人が直《じか》に会うのは難しいこともあった。

「上級中将か、その話は俺のところにも来てる。まさか司令長官が兵站監より格下とはいかんだろう」

「そうか？　俺は全然かまわないよ」

「司令長官たる、自分が困るんだよ！」

コンソーシアム艦隊の最高の階級は大将であり、それは複数いる司令長官のなかでも、最高位の階級だった。大将の職はそれしかない。

方面艦隊などコンソーシアム艦隊の下位組織の司令長官は原則として中将の職である。軍人も官僚であり、他の省庁との官階のバランスからそうなるのであった。

大雑把にいえば、一般の艦隊司令長官は次官と同格なのに対して、コンソーシアム艦隊司令長官は大臣と同格である。一方で、各種大臣は行政の長である統領より官階が低く、つまりすべての軍人の官階は統領の下となる。

ただ艦隊の拡大や関連機関の新設が続くと、諸機関の格の上下や数の多寡を調整する必要がある。

そのため、上級組織の長となる中将にも上下関係を付ける必要が生じた。火伏のいう「階級章の横線が多い」中将は、そうした中将以上、大将未満の官階であった。階級はあくまでも中将だが、待遇だけは大将に準じる立場である。

こうした立場を上級中将とコンソーシアム艦隊では称しているが、通常この階級は設けられない。必要と認められる時に、臨時に設けられるものだ。基本的に活動中の戦闘部隊を想定しているが、平時には名誉職に対して贈られるのが通例だった。

ただ、上級中将に就いた人間は、大将ではないため、コンソーシアム艦隊司令長官にはなれなかった。だから艦隊の歴史の中では、コンソーシアム艦隊司令長官がライバルを蹴落とすのに、上級中将制度を悪用することもあった。

つまりライバルを上級中将相当の名誉職に据えることで、任期中は大将へ昇進する道を塞ぎ、コンソーシアム艦隊司令長官に就任する道を塞いでしまうわけだ。さすがにこうした事例は稀であったが。

「しかし、敷島星系の調査は、どこまで進むんだ？」

火伏の関心は、やはり兵站面にあるらしい。それは水神にも理解できた。機動要塞はほぼ完成段階にあり、補給物資の輸送も山を越えている。

それでも第一二戦隊の艦艇の維持管理や、要塞職員の消耗品など負担は馬鹿にならない。

しかも、これは拠点を維持する話であって、調査活動には別途、人員や機材の負担が生じる。

現時点で調査の中心は衛星美和のゴートであるが、あの規模の調査でも星系を越えての活動は、後方負担が少なくない。

このうえさらに惑星敷島の調査となれば、機動要塞一つでは賄《まかな》いきれない可能性さえある。兵站監としては、この事実は看過できまい。

「方面艦隊司令長官として、バーキン大江とカザリン辻村《つじむら》はよくやっていると思う。お前の教育の成果だな。兵站の専門家を機動要塞の司令官に任じたのは正解だ。

おかげで我々は最小限度の兵力で、それこそ分析が間に合わないほどの情報を得ている。敷島の直接探査にしても、ドローン投入の準備が進んでいるというじゃないか」

「まぁ、バーキンが最前線で、その背後をカザリンが支えるというのは、いいコンビネーションだと俺も思うがな」

水神は、この話に火伏の秘蔵っ子たちの名前を出したことに、自分でもアンフェアなのはわかっていた。火伏の部下たちを評価するのと、兵站の負担を論じるのは次元の違う話だ。

だが水神としては、次元の違う話を加えても、敷島星系調査の拡大路線に首を縦に振ってもらわねばならない。

「軍務局長によると、カザリン辻村も将官になる。当面は少将だが、いずれ上級中将殿の

「それだけ後方組織が拡大されるということか？」

水神が意外に感じたのは、いまの火伏の態度からすると、軍務局長はバーキンの話は伝えても、カザリンの昇進については火伏に話していないと思われることだった。

兵站機構の拡大に火伏が抵抗するのを、マッキンタイア軍務局長も懸念しているということか。

「最小限度の整備だ。ゴートやスキタイの調査に資源を惜しんで、武力紛争にでもなれば、兵站負担は急激に膨張するだろう。

それを避けるためにも、調査に傾注し、不測の事態を避けねばならない。

敷島の降下猟兵旅団も調査には熱心だが、地上戦は最大限回避しようとしている。

だから安心しろ、我々の周囲に馬鹿はいない」

水神の言葉に火伏は必ずしも納得しなかった。

「馬鹿がいないのはわかってる。

だがな、自己の信念から必要と判断したら、自分が泥をかぶって突っ走る奴はいる」

「それは火伏、お前自身じゃないか」

「バーキンもカザリンも、俺が教育したって言ったのはお前だ。あの二人はそういうところがある。

忘れたか、バーキンに至っては、香椎《かしい》さんの失敗を見越して野戦病院を用意してたんだぞ。自己の責任でな」

火伏には他にも音羽《おとわ》定信《さだのぶ》と白子《しらこ》忠友《ただとも》という腹心がいた。音羽は兵站線の最も太いルートである出雲星系に戻され、そこで采配を振るっていた。

白子は壱岐星系で必要に応じて火伏の名代《みょうだい》として飛び回っていた。この二名に昇進の話がないのは、組織改編が大規模になることを火伏が嫌っているためだ。

そもそもバーキンやカザリンの昇進が異例であり、音羽や白子も十分早い昇進をして今《こん》日《にち》のポジションにいるのだ。

「部下を暴走させないのが上級中将の仕事だろ」

水神がそう言うと火伏は黙ったが、それを見ると、やはり自分がアンフェアな人間に思えてしかたがない。

「それで機動要塞の科学者チームの陣容を強化し、調査活動の迅速化と機動要塞司令官の権限強化を危機管理委員会は望んでいる。

ともかく敷島のスキタイの情報が少なすぎる。ガイナスが敷島星系からやってきたのはほぼ間違いないが、あの星系で何があったのか？　そしていまはどうなっているのか？　それがわからねばガイナス問題は解決しない」

「それはわかるがな」

火伏は立ち上がると、長官執務室の隅にあるコーヒーメーカーから二人分のコーヒーを淹《い》れて持ってきた。

この男が、こんなことをするのは迷いがあるときだ。それを水神は知っている。

「司令長官なんだから、もっと高級なコーヒーを飲めよ」

「兵站の負担を軽減しようと思ってね」

「兵站で重要なのは容積と重さだ、安物も高級品も輸送コストは同じだ」

火伏はそう言うとカップを置く。

「運べと命令されれば何だって運んでやるし、適切に配分しろというなら過不足なく分けてやる。調達が必要なら、工場に発注もするよ。

だが危機管理委員会は、経済への影響を理解しているんだろうな？ 膨れ上がった軍需経済をソフト・ランディングさせるのは簡単じゃないぞ」

「それはもちろん考えてるさ。そのための研究も始まっている。軍組織の拡大も、失業者への技術教育という意味をもたせ、事態収束後の再雇用支援やイノベーション人材の育成とかな」

そして水神はもうひとつの手札を出す。

「タオ議長からのオフレコの話だが、奥方のクーリア女史が壱岐の産業界の再編に動いている。軍需が止まった時にもっとも影響を受けるのは壱岐の製造業だ。それをソフト・ランディングさせるための活動だ。

そっちには八重《やえ》さんも関わっていると聞いてるが」

「それは八重から聞いている。具体的なことは守秘義務で話してくれないが、それは俺も同じでお互い様だ。

まぁ、それだからさ」

火伏は珍しく言葉を濁す。

「何が、それだからなんだ？」

「自分の妻がソフト・ランディングのために働いているのに、夫の俺ときたら、ハードルを上げることしかしてないじゃないか。それでいいのか？　って考えるんだよ」

「火伏よ、少しは八重さんを信じてやれよ」

火伏は黙って頷く。そんな親友を前に水神は、自分の物言いがここでもアンフェアなのを感じていた。

そして危機管理委員会は壱岐方面艦隊司令部の回答を受け入れ、惑星敷島への直接的な調査活動を承認した。

＊

「真田博士、格納庫で何を為さっているんですか？」

カシマ型軽巡洋艦の二番艦クリシュナの艦長である大月《おおつき》カンサは、格納庫に人間がいるという保安システムの報告から、現場のカメラを向けさせた。そこにいたのはジャック真田だった。

真田はカメラに、何でもないというように手を振る。

「見ての通り、機材の最終チェックだ」

「そんなもの、目視確認しなくても、データリンクでどこからでも確認できるじゃないですか」

「それはわかってます。だが、開発設計者としての責任もある。目視確認は必要でしょう。それにこうすると成功するジンクスがあるんですよ。何より、私自身が納得できないからね」

「次の実体化で、惑星敷島です。いかに博士でも、艦内を勝手に出歩かないでください」

「出歩いたらどうなるの？」

「艦長である、私が納得できません」

彼女がそう言うと、真田はわかりましたとばかり軽く手を振って、カメラの視界から消えた。そして通路を移動する人間がいることを保安システムは報告する。

「成功する時は成功する、失敗する時は失敗する。ジンクスなんかに頼らないでよ、科学者なんだから」

大月はそう心のなかで毒づいた。

惑星敷島へのドローンの投入は、第一二戦隊に配備された軽巡クリシュナで行われることとなった。今回の作戦は表向きは完熟訓練と説明されていたので、支援に駆逐艦サカキとサクラも同航していた。

カシマ型軽巡洋艦が本任務に投入されたのは、やはりモジュール換装により、任務に応じて艦の用途を最適化できることが大きかった。

これは、多種多様なミッションが要求される調査任務では重要な点である。したがって降下猟兵旅団や第一二戦隊にカシマ型軽巡洋艦が配備されるのは必然でもあった。

すでに敷島と機動要塞間の安定した通信回線を維持するために、衛星が設置されていた。だからドローンの通信に関しては、それを用いることができた。

この他にも極軌道にレーザーレンジファインダー搭載の探査衛星を投入しており、状況によっては、その衛星を中継してデータを送ることも考えられていた。この点ではクリシュナのミッションは比較的単純と言えた。

搭載するドローンは二種類。いずれも軽巡クリシュナから別々に敷島の大気圏内に投下される。

一つはアルバトロス。大気圏内を飛行するもので、機体全幅が四〇メートル、翼の奥行きが五メートル、中央と左右翼端についている細長い胴体長は八メートルあった。

全体に透明なプラスチックで作られている長方形型の全翼機だが、主翼は高効率の太陽電池も兼ねており、地上から高度数キロを維持しながら、高精度の航空偵察が可能だった。探査衛星などと異なり、特定地域に長期間とどまり偵察することも可能である。

これは専用の降下カプセルに収納され、大気圏内で十分に減速してから希薄な大気圏内で展開され、その後、徐々に高度を下げることになっていた。

もう一つは地上走行型の大型ドローンだ。名前はラビットだが、ウサギに似たところはどこにもない。

基本は全長五メートルのインホイールモーターの八輪車だ。この八輪車が三両連なったシステムがラビットだ。

この全長一五メートルのドローンは、独立懸架《けんか》の車輪はストロークが大きく、山脈以外なら大抵の地形を走破できた。車長があるので、五メートルやそこらの溝もそのまま通過できる。

また複雑な地形の場合には三両が分離して、個別に移動したり、条件が許せば、アルバトロスからの地上写真により最適なルートを割り出すこともできた。

ドローンとしてはいずれも大型なのは、その内部で可能な限りのサンプル調査を行いたいということと、スキタイの反応を見るという意図がある。

さらにラビットの中には小型ロケットが一基搭載されていた。全長五メートルほどの細長いものだが、これで衛星軌道までサンプルを打ち上げることが可能だった。

ただし小型ロケットなので、軌道上に打ち上げられるサンプルはグラム単位である。その程度のサンプルで成果が得られるかは意見の分かれる点であったが、惑星敷島由来の生物が一つとして入手できていない段階では、グラム単位のサンプルでも存在価値は少なくない。

スキタイはおそらくゴートと同一か類縁の動物と考えられていたが、じっさいに確認はされていない。あえて目立つようなドローンを投入するのには、スキタイを誘い出すという意図もある。

SSX3のことを考えたなら、スキタイはすでに人類の存在は知っている。それだけに惑星敷島へのドローンの投入は、スキタイとのコンタクトを促すきっかけになることが期待されていた。

じっさい危機管理委員会の科学者チームの中には、美和のゴートではなく、敷島のスキタイに調査の主軸を移すべきという意見もあった。

SSX3の投入から考えて、ゴートはスキタイから支援を受けて文明を維持していると考えられる。両者の関係には不明な部分もあるが、力関係は明らかにスキタイが上であり、したがって敷島星系でコンタクトすべきはスキタイであるという論理だ。

大月カンサにとって、これは大きなチャンスであったが、世間に流れる楽観的な言説よりも、現実はずっと厳しいことを目の当《ま》たりにする機会でもあった。

カシマ型軽巡のような、一つの宇宙船をモジュールの換装で多用途に運用するという構想を上層部に提案したのは、他ならぬ彼女であった。

さすがに新機軸の軍艦をおいそれとは建造できなかったが、研究は認められ、兵装モジュールのモックアップが組みあげられたりもした。

そうした中で、カンサは妊娠、出産となり、テレワークを活用しつつ育休にあった。夫は軍の幹部造船官であり、人事を司《つかさど》る軍務局も軍人世帯で妊娠・出産の場合には、夫婦どちらも軍人としてのキャリアに影響しないような種々の制度を用意していたが、特に士官については充実していた。

理由は簡単で、性別を問わず一人前の士官の育成には軍も膨大な投資をしているためだ。出産世帯のキャリア継続の支援は、軍にとっても直接的な利益になる。

だが、ガイナスとの戦闘状態突入がすべてを変えた。夫は軍工廠《こうしょう》に残り、艦隊より育児スタッフを派遣するという条件で、カンサは育休を切り上げ現役復帰となった。

異星人と戦うために建設されてきたコンソーシアム艦隊ではあったが、カンサも最低限度の育休は取得できると思っていた。それが現役復帰命令である。

それでもカシマ型軽巡洋艦の二番艦の艦長というのは、彼女なりに理解はできた。自分らの研究をベースに開発した軍艦だ。自分以上に、このカシマ型に知悉《ちしつ》している人間はいないとの自負はある。

それでもネームシップで実戦テスト、二番艦で人材育成という流れだとばかり思っていた。通常はそういうやり方だ。

だから、命令を素直に受けた。二番艦での人材育成なら出雲星系で可能であり、それなら週末には家族と過ごせると考えた。甘かった。

二番艦も早々に敷島星系に送られると申し渡された。新造艦の受領手続きの関係で完熟訓練とされているが、実態は実戦配備だ。だから、カシマ型に習熟している大月カンサが艦長だというのだ。

カンサはここで怒るよりもむしろ不安を感じた。明らかにコンソーシアム艦隊は、使える人材を根こそぎ投入しているふしがある。彼女とて伊達に大佐にまで昇進はしていない。友人知人のつてで艦隊や軍務局の情報を集めてみると、ガイナスとの戦闘は大きな危機を乗り越え、終結に向かって前進しているのも確かである一方、危機管理委員会が宣伝するほど終息までの道筋は見えていない。

幸いにも戦線が拡大しているわけではない。ただ情報収集のための活動は拡大し、そのための戦備も増大し続けている。危機管理委員会は兵力の投入は最小限度に抑えているのだという。

それなのにこれだけの動員と戦備の拡張を行わざるを得ないのは、畢竟《ひっきょう》それだけ宇宙が広いということなのだろう。とりあえずカンサは自分にそう言い聞かせていた。

「投入軌道に乗りました！」

クリシュナの船務長がカンサ艦長に報告する。人間が報告するものの、ここからの作業はすべて艦内のAI群により自動で行われる。

投入作業にあたるのはクリシュナ一隻で、駆逐艦サカキとサクラは高軌道上で待機していた。

「投入三分前！」

AIよりも一秒早く、カンサ艦長は艦内に自分の音声を流す。AIが自動で処理するとはいえ、乗員たるもの機械に作業を丸投げするなという彼女なりの部下たちへのメッセージだ。

関係者の視界の中に惑星敷島と軽巡クリシュナの軌道が描かれる。ジャック真田もそれを見ているはずだが、不思議と何も言わなかった。彼なりに緊張しているのか。

「もうじきブルガリ大陸の上空に遷移します」

船務長の言葉通り、敷島の映像の中に緑豊かな菱形の大陸の姿が見えてきた。

敷島には五つの大陸があり、ブルガリ大陸は最も大きく、赤道上に広がっている。山脈も連なっているが、基本は平原の陸地であり、そこを移動して大陸の端から端までを横断できた。

大陸の東端にはコーチ半島という場所がある。ラビットは衝撃を緩和するため海洋に着水するように投入され、その後、コーチ半島の海岸に上陸することになっていた。

そしてアルバトロスも同時に投入される。計算では減速を終えて主翼を展開する頃に、惑星の夜明けを迎える。アルバトロスが移動しながら夜を迎えるまで、十分な電力を充塡できる計算だ。

そうしたことを考慮して、真田はドローンの投入時間と場所を決定していた。

「ラビット投下!」

磁気カタパルトにより、ラビットの収納されたコンテナが投射される。

磁気カタパルトは、加速ではなく減速方向に投射しているため、コンテナは速度を落とし、高度を下げながらクリシュナとの距離を広げて行った。

この間にアルバトロスのコンテナも投下されたが、こちらはブースターを使った急減速で、クリシュナとの距離は開く一方だった。クリシュナがブルガリ大陸を通過し終えてから、ラビットとアルバトロスのデータが入ってきた。

惑星敷島には、今回の調査対象ではないが二つのリングが赤道上にあった。地表から二万五〇キロの高度にあるのが内側の第一リング、外側の地上高三万五七八六キロにあるのが第二リングだが、巨大な構造物にもかかわらず幅は五〇メートル程度しかなかった。惑星敷島を回る二つのコンテナは減速しながら異なる軌道を描き、高度を下げてゆく。

二つのリングを至近距離から観察するためだ。

コンテナが第一リングと第二リングを通過する時間は一瞬だった。比較的長い時間観察する軌道も選べるが、万が一にも撃墜されてはたまらない。

先に送っていた探査衛星からもリングのデータは得られているが、探査時間が一瞬なので、有用な情報は得られていない。

さらに探査衛星のレーザーレンジファインダーは精度の高いデータを得るために、すでにより低軌道に遷移しており、リングの計測自体が行われていなかった。

真田やカンサの視界の中にリングの映像が現れる。すれ違うのは一瞬だが、接近するまでの撮影データから、戦術AIが全体像を補正する。

最初に再現されたのは外側の第二リングだ。アルバトロスもラビットも、第二リングに関しては、時間差をもたせてほぼ同じ領域を通過する。

このため、再現された映像は二つのコンテナのものを合成している。

リングは金属製で厚みも五〇メートルくらいある。ただ宇宙空間にかなり長期間晒《さら》されていたためか、砂粒のような隕石が衝突するためか、表面にはサンドペーパーのような微細な凹凸があった。ただし大きな衝突孔などは見当たらず、最低限度の補修は為されているように見えた。

不思議なことに宇宙船の姿はない。リングには宇宙港のような機能があると予想されていたが、あの円盤型の宇宙船が見当たらない。

だが、それに対する答えの一端が、すぐに再現される。リングを通過し、その内側の映像に例の円盤を立てたような宇宙船の姿があった。

幅五〇メートルのリングの陰でその姿が見えなかった理由は、宇宙船が円盤部分や胴体部分に分解されていたためだった。

胴体のシリンダーの直径も五〇メートルほど、円盤部分の厚みも五〇メートルで、それがリングの内側に隠れていた。完成した宇宙船の姿がないことから判断すれば、必要に応じてこれらコンポーネントから組み上げられるのだろう。

ドローンを収納した二つのコンテナは、第二リングを過ぎると投入軌道の相違が大きくなってきた。そのため第一リングを通過する時も、映像で再現される場所は違っている。

アルバトロスのコンテナは、第一リングに特徴的なものを発見しないまま通過する。リングの幅も厚みも五〇メートルほどで、それは第二リングと同様だった。

意外なものを撮影したのは、ラビットのコンテナだった。それは第一リングの外側の光景だった。宇宙服を着たゴートと思われる二〇体ほどが、手に何かの道具を持ってリングの上を移動しているようである。

第一リングも第二リングもその高度での軌道速度で回転しているため、リングの上は無重力状態だ。なのでゴートたちも歩くというより、漂うように移動している。

宇宙服は墓所で処刑されたゴートのものとも異なり、球形のヘルメットを被っていたが、顔の詳細は画像補正をしてもゴートに似ているとしかわからない。

身長は二メートルほどあり、ゴートとＳＳＸ３の猿の中間くらいと思われた。左右の腕の長さの違いも、宇宙服からははっきりしなかった。

「あれが、スキタイでしょうか、博士？」

カンサ艦長には、それ以外の結論があるとは思えない。

「スキタイの可能性はむろんある。だがＳＳＸ３で見つかった猿と同じような存在かもしれない。

そもそも我々は便宜的に敷島文明の担い手をスキタイと呼んでいるが、肝心の敷島文明のことはほとんどわかってはいないんだ」

「博士は慎重ですね」

カンサはいささか皮肉を込めてそう言った。科学者はそれでいいのだろうが、軍人としては判断を行うための根拠がほしいのだ。

「慎重というかね、どうも不思議なんだよ」

「何が不思議なんです？」

「ガイナスは準惑星天涯《てんがい》で、都市建設や氷の切り出しにロボットを多数使ったじゃないか。なのに、どうしてゴートもスキタイもロボットを使わないのか？　ってことさ」

「つまり？」

「あのリングの上にいた集団は、ロボット化された猿か何かかもしれんだろ？」

その発想はカンサ艦長にはなかった。だからこそ真田はここにいるのか。彼女は、真田の慎重さが優柔不断とは違うことがやっと腑に落ちた。

「自分にはガイナス兵の存在を知ったときから違和感があった。異星人である人間を改造してクローンによる量産を行い、兵力にする。

艦長がガイナスだったとして、そんな手段を用いるか？　ロボットの量産で大抵のことは賄えるじゃないか。

だがガイナスの母体となった文明では、生体ロボットが当たり前の存在だったらどうか？　我々には不合理に見えるガイナス兵の量産も、彼らの文化では自然な発想とはならないか？　SSX3の猿やリングの上のあの集団がそういう存在なら、すべてが腑に落ちるんだよ」

カンサはそれでも納得できない部分があった。

「ですけど、ガイナスは現実にロボットも使っていましたよ。生体ロボットが文化なら、ガイナス兵だけでいいはずです。でもガイナスには両方存在します」

「それは確かに、私の仮説の弱点だ。ただ言い訳ではないが、彼らの社会を直接探査しない限り、ゴートもスキタイも確実なところは何もわからんのだよ」

真田の態度は抑制的だったが、彼には珍しく感情が昂ぶっているように見えた。おそらくこの科学者は、軍の手順やら安全確認やらが無駄に見えるのではなかろうか。可能なら直接、惑星に降り立ったり、海洋に飛び込み、異星人と接触したい。それが彼の本心なのかもしれない。

リングの上を移動するゴートの姿はすぐに終わった。そこからコンテナのカメラが撮影したのは、惑星敷島の姿だけだ。

減速はまず、空中で主翼を展開するアルバトロスから完了した。ちょうど惑星が朝を迎えるタイミングでコンテナを分解し、展開作業に入る。

アルバトロスはまだ高速で移動していたが、大気が希薄なので、展開作業には大きな支障はなかった。主翼が伸び切ると、プロペラが回転しだす。それは推力を生み出すのではなく、大気制動をかけるための回転だった。

アルバトロスはすべて順調に稼働し、敷島の大気状態などをモニターしていた。

大気データに特別な要素は何もない。生命生存に適した大気である。

「出雲や壱岐そっくりですね」

それはカンサ艦長の素直な感想だったが、真田は首を捻っている。

「どうしました、博士？」

「いや、出雲や壱岐なら、鳥がいるじゃないか。少なくとも空を飛ぶ大型の動物が。しかし、敷島に鳥は見当たらない。生態系に鳥は不可欠な存在ではないのかな？」

「小惑星衝突の影響では？」

「そうかもしれないなぁ。鳥は一度絶滅し、いずれまた復活するのかもしれん」

アルバトロスは、ラビットの支援のために、その位置からコーチ半島へと向かった。

ラビットの大気圏突入はいささか荒っぽかった。ドローン自体が重量物なので、コンテナは海面に衝突し、その衝撃で分解する。

ただ、コンテナが破壊されることで着水の衝撃を吸収する構造のため、ラビット本体は無事である。

すぐに三基のドローンそれぞれから、正常であることを示すテレメトリーデータが届いた。

そして三基は結合し、全長一五メートルの大型ドローンとなり、総計二四個の車輪を回転させながら水流を作り、ゆっくりと半島の海岸へと向かってゆく。

程なくして、ラビットが海上を移動する姿は、上空のアルバトロスからも確認できた。

「ラビットのアームカメラを海中に入れてくれ」

真田がカメラ担当のスタッフの一人に命じた。

「どうしたんです、真田さん？」

「艦長、これを見てくれ」

真田が、仮想空間上のアルバトロスからの映像を指差す。

「ラビットの周辺に、何か動物が集まってるでしょ。魚か何かだと思うが、こいつが何か確かめたい。アームカメラの試験も兼ねてな」

ドローンに装備された一番長いアームカメラが海中に差し込まれる。ラビットには生態系調査の目的もあるので、水中も観察できる。夜明けの明るさの中で、ラビットの周囲には全長二〇から三〇センチほどの灰色の魚のような動物が何匹もいた。

しかし、その姿に真田もカンサも驚く以外のことはできなかった。

「いや、そうだな、これは予想すべきことでした」

真田は辛うじて言葉を口にする。映し出された動物は、ＳＳＸ１で回収された缶詰の中身、カエルであった。

2 強奪

「危機管理委員会からの急ぎの輸送任務なぁ」

壱岐星系防衛軍第三管区司令部のある準惑星禍露棲《かろす》を出港した、嚮導《きょうどう》警備艦キーロフのポポフ岩田《いわた》警備艦長は、誰にいうともなく愚痴っていた。

休暇が得られるはずだったのに、緊急の輸送任務のために延期となったのだ。ガイナスとの戦闘中であり、星系防衛軍に籍を置くからには、非常呼集は仕方がないと思う。しかし、だからといって超過勤務が続き、休暇らしい休暇がなくていい理由にはならないはずだ。

思えば超過勤務の始まりは、封鎖していたはずの拠点をガイナスが突破し、第二の拠点を建設してからだ。拠点建設と並行し、ガイナスは輸送船舶を襲撃するという作戦に出た。

これは烏丸司令官が、重巡洋艦クラマによってガイナスの巡洋艦部隊を全滅させたことで、一応の終息を見ていた。

だがそうなるまでにキーロフは、嚮導警備艦というより武装輸送艦として頻繁に駆り出されていた。

ガイナスによる輸送船襲撃が続いたことで、商船業界から「安全が確保できるまで運行は控えたい」との要望が出されたためだ。戦時体制ではないので、星系防衛軍も民間業者に命令はできない。民間業者が利用できないなら、その分は軍の輸送隊が被ることになる。

さらにAFD（Alternative Fact Drive：代替現実駆動）搭載のC3型輸送船は、敷島星系の機動要塞建設に動員されており、星系内の輸送はAFD非搭載の船舶が用いられるようになっていた。

AFD非搭載となれば、嚮導警備艦キーロフの機動力はトップクラスであった。準惑星禍露棲から惑星壱岐までの四〇天文単位ほどを、一二、三日で移動できる宇宙船は壱岐星系でも多くない。だから仕事が途切れないのだ。

「船務長は、この積荷について何か知ってるか？」

船務長のコルニーコフ石山《いしやま》中尉は、ポポフ警備艦長に首を振る。キーロフは他の艦艇とは異なり、幹部職員が分散せず一つのブリッジに集められる設計となっていた。輸送艦船としてカーゴベイの容積を増やすためらしい。

「敷島の機動要塞から送られてきたサンプルらしいですよ。壱岐の宇宙要塞で研究するんだとか」

「ってことは、またゴートの死体か？」

「軍機扱いですけど、そんな類《たぐい》じゃないですかね」

敷島星系で回収されたゴートと命名された異星人の死体を、禍露棲から宇宙要塞まで最初に輸送したのもキーロフだった。この時は、ゴートの死体発見そのものが予想外の事態であったため、ポポフたちも輸送するサンプルについての情報を知らされていた。

だが、それから危機管理委員会の機密管理基準が変わったとかで、輸送する積荷については非公開になっていた。とはいえ、いかにも死体が収容されていそうな冷凍ケースを運ぶとなれば、中身の推測はつく。最初のゴートの死体も同じケースで運ばれたのだ。

「しかし、警備艦長、この輸送任務が終わったら、本当に休暇がもらえるんですか？」

その場にいる他の幹部たちも、ポポフの返答に耳をそばだてているのがよくわかった。

「セリーヌ迫水司令官直々《じきじき》に約束してくれた。この積荷を壱岐の宇宙要塞まで運んだら、二ヶ月間の休暇だ。

壱岐で自由に過ごせるし、軍の保養施設でも最優先で予約が取れる。いままでの超過勤務の手当もあるんだ、それを忘れるな」

その言葉で、ブリッジの空気が変わったのをポポフは感じた。もっとも警備艦長としては、素直には喜べない部分もある。セリーヌ迫水司令官がそこまで気前がいいということは、この任務、自分たちが思っている以上に大事な任務なのか？

「キーロフはどうなるんです？ 禍露棲に戻ると聞いてましたけど」

コルニーコフ船務長が尋ねる。

「どうも第三管区も船舶の手配には四苦八苦しているらしいな。でも、キーロフは我々が降りたら、宇宙要塞でオーバーホールだ。

俺たちは命の洗濯を、キーロフはドックで整備だ」

「酷使されましたからねぇ」

コルニーコフが、しみじみとそう口にした。


嚮導警備艦キーロフは、壱岐星系防衛軍が独自の艦艇技術を蓄積するために開発した戦闘艦である。警備艦としているが、AFDを搭載しない点を除けば性能はほぼ巡洋艦と同等だった。


コンソーシアム艦隊は原則として、整備性や稼働率、兵站の負担などの観点から、戦闘用宇宙船の規格はすべての星系で統一していた。

ただ一方で、すべてを出雲星系で建造するというのも問題がある。出雲が戦場になったために、戦闘艦の供給が止まるというのは決して望ましいことではない。

このため壱岐のような工業化が進んだ星系でも戦闘艦建造が認められていた。やがて壱岐星系では単なる組み立てだけではなく、自前の戦闘艦開発技術を蓄積したいという動きが起きてきた。高性能の機関部とか独自の戦闘システムなど、開発要件は多岐にわたった。

コンソーシアム艦隊司令部も技術の蓄積を拒否はできず、規格の制約が緩い輸送艇という名目で、壱岐独自の戦闘艦研究を認めていた。ただし量産はせず、研究だけだ。

キーロフはそうして建造された三隻の中の一隻であった。輸送艇名目だが実体は戦闘艦であるため、準惑星天涯での戦闘以降は、嚮導警備艦という分類に変更された。

星系防衛軍の嚮導警備艦は、キーロフの他にモロトフとラザレスがある。この二隻はほぼ巡洋艦並みの火力と運動性能を持っていた。

それに対してキーロフは、武装は巡洋艦並みといってもレーザー砲だけで、AMineは搭載していない。そのかわり積載量は多かった。本艦だけは、巡洋艦よりも武装商船という色合いが強い。

これは、壱岐星系防衛軍の有事には商船を武装化し、戦闘艦として運用するという研究によるものだった。

ただキーロフに関してはガイナスとの戦闘以降、全般的な輸送船不足から戦闘艦として作戦に参加したことはなく、どの局面でも輸送任務にあたっていた。

星系内の移動でも、AFD搭載宇宙船が望ましいが何しろ数がない。さらに輸送物資によっては、民間商船ではなく軍の艦艇で行わねばならないものもある。

そうした用途では高速宇宙船のキーロフは理想的と言えた。この場合の理想的とは、酷使されるとほぼ同義語ではあったが。

加速シーケンスが終了し、機関が停止した時、キーロフは禍露棲と壱岐の中間地点に到達していた。ここはガイナス拠点からは約二八天文単位離れている。壱岐までの航路上でもっとも近い領域でもある。

ガイナス拠点は基地や艦艇部隊に包囲され、封鎖されているため、ここが襲撃される恐れはないが、気持ちの上ではもっとも落ち着かないのも確かだ。

「艦長、見てください」

コルニーコフ船務長がポポフに異変を報告したのは、まさにその領域だ。

「戦術ＡＩがアンノウンの追尾を報告しています。機関を停止したのでわかったようです」

「例の烏丸式か？」

「はい」

烏丸式とはガイナスのステルス技術への対抗策で、恒星風などプラズマの流れを把握した上で、相手宇宙船の存在をプラズマに生じた変化で察知するというものだ。

基本原理は単純で、各宇宙基地でも講習会などが開かれ、センサープログラムが修正された。

ただ恒星からの最新のプラズマ情報を把握するなど、精度の高い観測が必要となるため誰にでもできる手法とは言い難かった。さらに実際にガイナスの巡洋艦と遭遇しなければ運用の正しさを証明できないため、本当に有効なのかわからないという意見もあった。

運用の難しさは事実なのだろう。機関を停止し、自分たちの噴射するプラズマや電磁波が停止して、やっとガイナス巡洋艦の存在を察知できたのだから。

「こんな感度が悪いものなのか、船務長？　これでは、こちらが機動中は相手の位置がわからんだろう？」

コルニーコフは、わかってくださいよとばかりに疲れた表情を見せる。

「艦長、キーロフの主機は自主開発で出力増強型なのを忘れました？　烏丸式の解析ソフトは既存艦に合わせてるんです。だから規格外のキーロフだとパラメーターが合わないんですよ」

「調整できんのか、船務長？」

「キャリブレーションをかけるだけです。ですが艦長、キャリブレーションかけたら、減速できませんよ。我々がプラズマを撒き散らすことになりますから」

ポポフ艦長は考える。キーロフは現在、秒速で五四〇〇キロ以上の速度を出している。ここから先は減速シーケンスのはずだったが、減速せずにこのまま航行し、ガイナス巡洋ることもできる。

艦のデータを集め、システムにキャリブレーションをかけるべきではないか。

烏丸式のセンサーシステムが正常に稼働すれば、こちらからガイナス巡洋艦に仕掛け

「現状のままで、キャリブレーションにどれだけ時間がかかる、船務長？」

「あちらさんが大人しく現状維持を続けてくれたら、一時間ってところです、艦長」

「〇・一二天文単位か……まぁ、誤差のうちと言える数字ではないが、対処可能ではあるな」

本当ならすぐに減速するところを一時間遅れるなら、その間にキーロフは〇・一二天文単位も移動してしまう。とはいえ、強めの減速で航行スケジュールのズレは調整可能だろう。

戦術AIによるキャリブレーションは順調に行われているようで、追跡してくるガイナス巡洋艦の情報も鮮明になってきた。

「アンノウンは一隻ですね。第三管区司令部に報告しますか？」

ポポフは迷ったが、現時点のデータをすべて第三管区司令部に転送した。

こちらが状況を報告すれば、内容を理解できないとしてもガイナス側に気取《けど》られる。彼は最初そう思ったが、減速せずに慣性航行を続けている時点で、すでにこちらがガイナス側を発見したことに気づいているだろう。

むしろここで報告することで、ガイナス巡洋艦を牽制すべきだろう。うまくすればこのまま消えてくれるかもしれない。

「しかし、奴の目的はなんだ？」

ポポフ警備艦長は戦術AIに問いかけてみるも、彼が望んでいる回答はない。追跡を続けるか、攻撃を仕掛けてくるか、分析結果はこの二つだが、それは彼とてわかっている。

AIよりまともな可能性を口にしたのは船務長であった。

「烏丸さんの報告じゃ、ガイナスの巡洋艦は火力でキーロフを上回ってます。向こうがこちらをどう認識していたかわかりませんが、攻撃するつもりなら、とうの昔にやってますよ。キーロフは武装商船程度にしか見えませんからね。

それでも追跡してくるのは、我々の探知能力を計測するためじゃないですか。

たぶん接近したり離れたりを繰り返して、こちらの動きの変化から、能力を探るつもりでは？

だとすると奴は、我々を待っていた」

ポポフ艦長にはコルニーコフ船務長の意見は聞き捨てならなかった。

「船務長、それは、キーロフを待っていたということか？」

コルニーコフは頷く。

「キーロフが手頃なんですよ。普通の貨物船は探知能力が低いから、それを相手にしても参考にはならない。さりとて、いきなり軍艦相手では返り討ちに遭うかもしれない。

探知能力は軍艦並みにありそうで、武装は自分たちより劣る。調査対象にキーロフは理想的じゃないですか」

「調査している間は、攻撃は仕掛けてこないということか」

船務長の説が正しいなら、自分の判断は失敗だったかもしれない。ポポフはそう思った。相手を牽制するどころか、こちらの探知能力の一端を教える結果になったかもしれない。

「船務長、キーロフのシステムは壱岐独自のものだったな。それはこちらの探知システムの性能に影響するか？」

ポポフは、モロトフやキーロフは独自システムの使用により、壱岐独自の高性能探知システムを目指していると聞いていた。少しでも出雲より高い水準を目指してのことだ。仮にキーロフの探知能力が他の軍艦より高いなら、ガイナスは人類の能力を過大に評価することになる。ポポフはそれが気になったのだ。

だが意外なことに、コルニーコフ船務長から返ってきたのは失笑だった。

「戦闘艦の独自システムなんて壱岐単独ではゼロから開発できませんよ。独自というのは戦術ＡＩのコンポーネントとか通信システムとか、手をつけやすい部分だけです。

偉い人たちの一部には独自システムって言葉に憧れがあるみたいですけどね。しかしながら、それは感情の話であって、合理主義じゃありません」

「独自システムが不合理だというのか、船務長？」

壱岐で独自システムは開発できないというのはまだわかる。しかし、それが不合理というのはポポフには理解できない。

「システムをすべて独自にしたら、操作性も全部変わります。士官学校や機関学校の教育カリキュラムレベルから作り直しです。それだけのコストに見合う性能の向上が期待できるかと言えば、まず無理です。つまりは不合理ですよ」

「そうは言うが、船務長。現実に我々はキーロフを使いこなしているだろう」

コルニーコフはまるで降参するとでも言うように両手を上げる。まるでポポフができの悪い生徒のようだ。

「だから言われてるほど独自システムじゃないんですよ。出雲で開発した警備艦のOSを、星系防衛軍が書き換えて独自システムと言ってるんですよ。

確かに技術的に学ぶことは多かったそうです。でも、知財権的にもグレーゾーンですよ。実験だから出雲から黙認されているようなものです」

「それで嚮導警備艦は量産されないのか……」

ポポフ艦長にははじめて耳にする話ではあったが、色々と思い当たる事実はあった。巡洋艦並みの大型艦なのに、操作性は警備艦そっくりな点などだ。

「緊急時に船が救えない時、自分や艦長はOSの完全消去を命じられてますよね。あれも知財権の侵害に足がつかないためって話です。異星人に情報を与えないためじゃなく、証拠隠滅です」

そう言いながらコルニーコフ船務長は自分のコンソールにデータを表示し、険しい表情になる。

「艦長、OSの消去法、ご存知ですよね？」

「知ってるが、どうして？」

ポポフは船務長の態度の急変に戸惑う。

「どうも敵艦データの精度が出ません。やつら仕掛けてくるつもりかも。艦長、我々は火力に勝る敵艦に追跡されている立場なんですよ。万が一のことも考えてください」

「OSを消去するような事態にか？」

コルニーコフ船務長は無言で頷いた。

ガイナス巡洋艦の精度は三〇分経過しても、さほど向上しなかった。ポポフはキャリブレーションができてもできなくても、あと二時間半は現在の状況を続けようと決めた。減速を遅らせすぎるとあとの調整が面倒なのは確かだが、そんな心配は生還してからすればいい。いまは生き残ることが優先される。

ガイナス巡洋艦発見の報告が壱岐や禍露棲に届くまで二・七時間かかる。ＡＦＤ搭載軍艦の救援部隊が到達する時間を考えれば、遅くとも三時間後にはガイナス巡洋艦は撃破されよう。

彼らがＡＦＤの存在を知っているかどうかは不明だが、一年以上続いた戦闘状態の中で、いまだに気がつかない可能性はかなり低い。

そうであれば、ガイナス巡洋艦が撤退するにせよ攻撃を仕掛けるにせよ、三時間以内の話だ。

だとすればキーロフにとっての最大の武器は速度だ。敵がどう仕掛けてくるにせよ、いまの速度を維持できるなら敵が加速するまでの時間が稼げる。減速はその時間的余裕を失うに等しい。

敵艦との距離は概《おおむ》ね一万キロ離れていた。だがこの状態がいつまでも続かないのは明らかだった。

「ガイナス巡洋艦、動き出しました！」

コルニーコフ船務長が戦術ＡＩのデータを艦内データリンクに流す。正確な速度は不明だが、敵はかなりの高加速度で機動している。

「敵艦の運動は？」

ポポフは戦術ＡＩの表示に愕然とする。ガイナス巡洋艦の加速度が不明と表示されているのだ。そんな馬鹿な話はない。距離と時間の計測さえできるなら、加速度など簡単に割り出せるではないか。

しかし、状況はさらに悪化する。相手との距離の表示が明滅しはじめたのだ。ポポフも宇宙勤務は長いが、こんな現象は初めてだ。

「船務長、何が起きているんだ！」

「センサーに異常です。計測値が安定しないので、表示が明滅するんです。コンマ以下の短時間に数字が大幅に変化してるんです」

しかし、それもありえない話だ。宇宙船のセンサーは一つではないし、不具合のあるセンサーはＡＩが判断して使用しないからだ。つまりいま起きていることは、すべてのセンサーが狂っていることを意味する。

この現象の合理的な説明はただ一つ。センサーが正常で、システムが異常を来《きた》している場合だ。とはいえキーロフ艦内には異常はない。

「主計長、窓から何が見えるか、報告せよ！」

ポポフ艦長は、貨物室を管理するベルン酒田《さかた》主計長に命じた。キーロフは戦闘艦なので窓を排しているが、唯一、カーゴベイだけは作業確認のために窓が作られていた。

カーゴベイの窓にも死角はあるが、艦首と艦尾方向は視界が広く取られていた。

ベルン主計長は気を利かせて、窓から見える景色を携帯端末のカメラでブリッジに送ってきた。

星系外縁に近いので、肉眼ではただ星が見えるだけだ。だがカメラは赤外線にも感度があるので、肉眼ではわからないものも見える。じじつ窓からの景色の中に、赤外線源が二つ見えた。

それぞれが宇宙船のエンジンから発するものなのはすぐにわかった。ただ二つの赤外線源は距離があり、どう見ても一隻の宇宙船ではない。そう宇宙船は二隻だ。

さすがにまだ遠距離で、携帯端末のカメラでは宇宙船の形状まではわからない。ただ両方は同じ大きさではなく、片方はもう一方よりひと回り小さく見えた。

「どういうことだ、センサーはまったく信用できないのか！」

戦術ＡＩは一隻の宇宙船が高加速で機動していることを報告したが、具体的な速度はなにも表示していない。さらに宇宙船が二隻いることも計測できていなかった。

ベルン主計長の携帯端末のカメラが映す二隻の宇宙船のうち、一隻はより急激にキーロフとの距離を縮めている。この光景は主計長自身も確認している。つまりこのカメラ映像こそ正しく、戦術ＡＩの報告がおかしいのだ。

「戦闘準備！」

ポポフ警備艦長は兵器長のバーチカ・モロゾフにそう命じた。レーザー砲が作動する機械音がブリッジにも伝わってきた。しかしすぐに、悲鳴のようなバーチカ兵器長の返事が戻ってくる。

「レーザー砲の照準が作動しません。ターゲットをロック、いやターゲットが照準器に認識されません！」

「何だと！」

ポポフはすぐにバーチカ兵器長からデータを受け取ったが、報告に間違いはない。照準器が捕捉している敵は一隻だけだ。

「艦長、どうやらキーロフのシステムの一部が、ガイナスからの侵入でクラッキングされたようです！」

コルニーコフ船務長がそう報告する。

「キーロフが乗っ取られたのか？」

「いえ、データリンクも機関部も我々の管理下にあります。ただ、通信とセンサー関係は汚染されたと考えてください。レーザー砲も照準器がやられてます。確実に汚染されていないと言えるのは、システムのカーネル層だけです」

「宇宙船のシステムをどうやってクラッキングできたんだ？」

「わかりませんよ、そんなこと！」

コルニーコフが怒鳴るように言うが、確かにそのとおりだ。彼がそんなことをわかるわけがない。

その間もガイナス巡洋艦は接近を続けていた。普通なら加速して逃げるところだが、まずいことにキーロフは減速準備段階のため、主機の噴射口を進行方向に向けている。

だから加速するためには、宇宙船を反転させねばならない。反転作業は難しくはないが、最低でも一〇分はかかる。

反転し始めた段階でこちらの意図は読まれてしまう。むしろ下手な行動が敵の攻撃を誘発する可能性さえある。

結局、加速も減速もできない中で、キーロフはガイナス巡洋艦の接近を見ていることしかできない。

数キロまで接近した時、巡洋艦と行動を共にしていた小型宇宙船の正体が、ガイナス艦であることがわかった。船体がやや太くなった感じはあるが、それ以外は既知のガイナス艦のままだ。

ただポポフ警備艦長はいまの状況に違和感を覚えていた。自分たちは一切の武器が使えない。ガイナス側が攻撃するならこれほどのチャンスはない。

にもかかわらずガイナス艦は、いっこうに攻撃する姿勢を示さない。敵は何を意図しているのか？

「船務長、本艦に小銃は何丁ある？」

「小銃……なんですか、艦長？」

「ガイナス艦だ、この距離で攻撃を仕掛けてこないというのは、奴ら本艦を無傷で手に入れるつもりかもしれん。我々がガイナスの巡洋艦を手に入れたようにな。仮にそうなら、奴ら、本艦に乗り込んでくるかもしれん」

コルニーコフはポポフ艦長の言葉に顔色を変えて、端末を操作する。

「ブリッジのロッカーに五丁あるはずです、臨検用のが。それが小銃の全てです」

「兵器長、臨検班を寄越してくれ。ここはもうすぐ戦場になるかもしれん」

二人の会話を聞いていたバーチカは、何も言わず臨検班のメンバーを四人呼んだ。そしてロッカーから五丁の小銃を取り出し、一丁は自分が手にした。

「君も行くのか？」

ポポフは兵器長自らが銃を取るとは思ってもみなかった。

「自分は第三管区の射撃大会で、ベスト8まで進んだことがあります。ならば自分が出るべきです」

「頼む」

ポポフにはそれ以上の言葉はかけられなかった。

一方、コルニーコフは突然のシステム不調に悪戦苦闘していた。

「艦長、機関完全停止しました、現在、システムは内蔵電池で稼働中です。現状では七二時間しか稼働しません！」

機関長の報告を受け、ポポフは状況を各部門に伝達する。

「どういうことだ？」

「わかりません。今さっきまで、すべて正常に稼働してました。原因は不明ですが、機関部のＡＩが何かの異常を感知したようです。それで危険回避のために機関停止を判断したようです」

この状況では機関長や船務長の命令ですら、ＡＩからは信用できないノイズと判断されてしまう。緊急時には人間よりもＡＩの判断が優先されるわけだが、これまで幾多の宇宙船がこの設計で破局を回避してきた。

だがキーロフに関してだけは、ＡＩの判断による機関停止は破局を意味していた。敵艦が目の前にいるというのにキーロフは反撃の手段も逃走手段も奪われたのだ。

それでも乗員たちは諦めてはいなかった。ブリッジにはバーチカ兵器長からの映像が送られてくる。兵器長らは、宇宙服を着用し、カーゴベイの物資搬入ハッチの周辺に銃を持って展開していた。

カーゴベイの中は、閑散としている。唯一の荷物は、全長五メートルほどの金属製のコンテナだ。自前の発電機を持ち、一年や二年なら、内部の環境を維持できるというものだ。

コンテナの開閉には、専用施設での作業が必要だった。さもなくば特殊合金の金属ケースを切断するよりない。

バーチカ兵器長は、そのコンテナを遮蔽物にして、部下を配置していた。

ポポフ艦長は他の場合なら、積荷を遮蔽物にすることなど認めないところだが、いまは兵器長の対応を正しいと思う。キーロフの危機的状況なのだ。

すでにガイナス艦は窓の死角にはいるほど接近していた。ただ見えるのはガイナス艦だけで、行動を共にしていたはずのガイナス巡洋艦の姿は見えない。そして金属が触れ合う音がカーゴベイ全体から聞こえてきた。

「本当に乗り移るつもりか！」

バーチカのつぶやきが聞こえたが、ポポフは別の可能性を考えていた。機関が停止した宇宙船なら、ガイナス艦が結合すれば、そのまま拠点まで輸送できる。

宇宙船キーロフと乗員が無傷で手に入るのだ。ガイナスが何を企んでいるかはわからないが、人類にとっては不利益しかもたらすまい。

「船務長、システム完全消去の準備をしてくれ」

「すでにシステムは封鎖し、完全消去のカウントダウンをはじめました。艦長か私の携帯端末だけから、カウントダウンを停止できます」

「我々二人がカウントダウンを止めない限り、完全消去されてしまうのだな」

「早まった真似だとしても、数時間後には第三管区から救援が来ますよ」

コルニーコフははじめて笑みを浮かべた。

そうしている間にも状況は進んでいた。最初、カーゴベイハッチの周辺で叩くような音が聞こえていた。艦内のカメラシステムはすでに使用不能だが、ハッチの脇にあるのぞき窓からは、数名のガイナス兵がハッチを開けようとしているのが見えた。その後ろにはガイナス艦の姿があった。

ガイナス艦は、キーロフと結合している側面部分に広い開口部を持っていた。スライド式のハッチで開閉できるらしい。

すでにキーロフと自分たちを結合するアームを伸ばし、動かないようにしていた。ガイナス兵たちはハッチが開かないことがわかると、驚いたことにガイナス艦の中に戻っていった。彼らが艦内に戻ってもハッチは閉鎖しなかった。そのかわりキーロフとの固定を解いた。

「もう諦めるのか……」

そうつぶやくバーチカにポポフは叫ぶ。

「全員コンテナの陰に隠れろ！」

バーチカも他の兵器員もその意図をすぐに察知し、巨大な金属の塊であるコンテナの陰に隠れる。

それとほぼ同時にカーゴベイハッチの周辺がレーザー光線で切断されはじめた。ガイナス艦のレーザー砲塔からの攻撃だ。

カーゴベイハッチ周辺が丸く切断されると、ハッチはそのままゆっくりと船外に漂っていった。

その姿が消えると、再びガイナス艦は舷側ハッチをキーロフに向けながらアームを伸ばして固定、そしてガイナス兵が突入してきた。

「発砲！」

バーチカの命令で兵器員たちは、侵入するガイナス兵に銃弾を浴びせた。

驚いたことに、ガイナス兵もまた銃弾で応戦してきた。降下猟兵のアサルトライフルを真似たのか、かなり洗練された銃火器で彼らは反撃してきた。

バーチカたちの攻撃でガイナス兵は斃《たお》れたが、すぐに増援が現れた。こちらは五丁しか銃がない中で、武装したガイナス兵は一〇人はいた。

しかも銃火器の威力はガイナスたちのほうが大きかった。

「全員撤収しろ！」

ポポフは決意した。彼はコルニーコフに携帯端末の電源を切るように命じ、自分もまた電源を切る。これで艦内システムの自動消去を止めることは完全に不可能になった。携帯端末からの応答がなくなったことで、自動消去プロセスは作動時間を繰り上げ、電源切断から一分後にシステム消去を開始した。

すぐに艦内装備の多くが使用不能になったが、非常用の艦内電話だけは生きていた。あとは宇宙服の通信装置か。

各船室の警報装置が非常事態を告げる。すでにガイナス艦が接近した時点で、キーロフの乗員たちは宇宙服を着用し、ブリッジに次々と集合してきた。

バーチカ兵器長らも銃撃しながら通路を撤退しつつ、追撃を試みるガイナス兵を退けていた。人間サイズの宇宙船の通路では、ガイナス兵は一人がやっと通り抜けられるだけだ。だからガイナス兵が一〇〇人いたとしても、通路で銃撃可能なのは先頭の一人だけだ。兵力ではガイナスが勝っても、通路という空間では数の優位は活かせない。

対するバーチカたちは、ブリッジの物陰から数丁の銃で応戦できるため、兵力は五人でも火力の優位を確保できた。

ガイナス兵もそれがわかったのだろう。彼らは通路を進むのを諦め、後退した。

「全員揃ったな!」

バーチカがブリッジに到着したことで、ポポフ艦長は、乗員全てが揃ったことを確認する。

「どうするんですか、艦長!」

部下たちから次々に声が上がる。どうするもこうするも、システムが消去された宇宙船でできることなどほぼない。何よりポポフは、人類の知識をガイナスに与えないことを最優先にしてきたからだ。

「生憎《あいにく》と本艦に自爆装置はない。システムの完全消去が、できることの全てだ。現時点ではバッテリーで独立した生命維持装置が機能しているだけだ。ただ敵は通路を簡単には移動できない。ここを守っていれば、増援が来るまでの時間稼ぎはできるはずだ」

ポポフにはほかにできることはなかった。まさかガイナスがキーロフに乗り移ってくるとは予想もしていなかった。

彼らが一方的に商船に攻撃をしかけたことは何度もあったが、乗り移ってきたことなどない。今回のガイナス兵は今までとは違う。

「おそらく敵は本艦を攻撃はしない。その気なら機会は何度もあった。にもかかわらず致命的な攻撃を避けたのは、本艦を無傷で手に入れるためだ。だから時間さえ稼げるなら、我々は助かるだろう」

乗員たちはその説明に必ずしも納得したわけではないようだったが、生き残る可能性を信じたいのか異論を唱える者もいなかった。そしてポポフはある確信を抱いていた。原因不明の機関停止も、手段はわからないがガイナス艦の仕業だろうと。

ガイナス兵は思い出したように通路を進もうとし、バーチカからの銃撃を受けては撤退した。

銃撃担当はバーチカ一人になっていた。通路が狭いのと、残弾が心もとないためだ。すでに銃のカートリッジを二個、空にしている。

ただポポフは、ガイナス兵たちの行動にずっと違和感を感じていた。キーロフのシステムに侵入できるなら、ガイナス拠点を封鎖している艦艇部隊を無力化すればいいではないか。

さらに、なぜいまここでキーロフが襲撃されたのか？　偶然なのか、それとも何か意味があるのか？　そもそもいまさらキーロフを手に入れたとして、ガイナスにどんなメリットがあるというのか？

烏丸少将がガイナス巡洋艦を調査可能な状態で鹵獲《ろかく》したが、それに対する報復としても、巡洋艦とキーロフでは釣り合うまい。

ガイナス兵の接近とバーチカの反撃。繰り返される銃撃戦による膠着《こうちゃく》状態が一時間ほど続いた時だった。

核融合炉も停止し、キーロフ艦内の機械音は完全に止まっていた。音といえば銃撃だけの中で、突然、船体全体に金属がこすれ合うような音が響いた。

それと同時に、キーロフに軽い衝撃が伝わる。

「なんだ？」

ポポフは反射的に音のする天井に目を向けるが、非常灯が見えるだけだ。

しかし、その非常灯が消え、天井は瞬時に宇宙になる。今まで天井だった部分は、ブリッジから離れていった。

「宇宙船です、二隻いる！」

乗員の誰かが叫ぶ。天井から見える直上の宇宙の中に、ガイナス巡洋艦の姿が見えた。距離は一〇キロほどだろうか。それよりも間近な一〇〇メートルと離れていないところに、アームが付属したガイナス艦の姿が見える。

ガイナス艦はレーザーでキーロフの船体を切断しているらしい。システムが完全に消去されたために、どこがどのように切断されたのかはわからない。

通路の向こうがカーゴベイから星空になり、切断はキーロフ全体に及ぼうとしているのがわかった。

乗員たちが騒ぐ前に、ポポフは反射的に指示を出す。

「緊急対応キットがブリッジにある。他にも船内にいくつかあるはずだ。各科の長は自分の携帯端末で、緊急対応キットのモジュールにアクセスしろ」

そうした指示が出るのを待っていたかのように、ブリッジが破壊される。艦首部が斜めに切断され、ブリッジの天井部分の残りが閃光とともに船体から切り離され、乗員たちの目の前で離れてゆく。

「緊急対応キット作動！」

ポポフは宇宙服の左手首のコンソールを操作して、自分の携帯端末を再起動する。宇宙服がポポフ本人の生体認証を行ったからだ。

いまの攻撃で乗員たちに死傷者はでなかった。ガイナス艦が離れていったらしい光点も見ることができた。

ガイナス艦は離れるときに、姿勢を転換した。そしてポポフはガイナス艦のアームが、キーロフが運んでいたコンテナを摑んでいるのを目にした。

「奴ら、キーロフが手に入れられなかったんで、積荷だけ運んでやがる。結局、奴らも任務失敗か」

ポポフにとってそれだけが唯一の救いだった。

緊急対応キットは、ブリッジの隅に置かれていたドラム缶ほどの機材である。

「これより退艦する」

まずキットがブリッジ外にスラスターで飛んでゆく。乗員たちも順番に宇宙服のスラスターで、その後に続いた。

すでにキーロフの残骸からは、ブリッジからとは別に五つの緊急対応キットが射出されていた。それらはマーカーを点滅させながら、狭い領域に集まりつつあった。

ドラム缶はゆっくりと回転を始め、そこから一二本のワイヤーを展開した。乗員たちは、緊急対応キットのコンピュータの指示に従い、順番にワイヤーと自分の宇宙服を結合する。

コンピュータの指示は純粋に乗員の体重だけを考慮しており、適切な配置でバランスを維持するように考えられていた。

ワイヤーはアンビリカルケーブルで、宇宙服に電力と酸素の供給、二酸化炭素の除去を行う。

乗員は四〇名で、六基の緊急対応キットは過剰だったが、文句を言うものはいない。キットの余裕は命の余裕だ。

もともとは輸送船ラーラがガイナス巡洋艦に襲撃され、唯一の生存者であった機関員の証言から急遽開発されたのが緊急対応キットだ。これ自身がスラスターで限定的ながら機動力があり、複数の人間を結ぶことで、孤独に宇宙を漂流するリスクも回避できる。

通信装置や単純AIも搭載され、理論的に一週間は生存できる。ある意味で、最大限に無駄を排除した宇宙船ともいえた。

ドラム缶に繋がれ、放射状に展開している乗員たちは、キーロフの変わり果てた姿を目《ま》の当たりにする。正直、死傷者がでなかったのが奇跡に思える。

船体は少なく見積もっても一〇個以上に切り刻まれていた。キーロフを手に入れられなかった腹いせで解体したのか。特にカーゴベイ周辺は切断が激しいように思われた。

「癇癪《かんしゃく》を起こしたというのか、あいつらは」

＊

「つまり夷狄《いてき》が乗り移り、戦闘の末にキーロフを分解したと言われるのか？」

烏丸三樹夫《みきお》司令官は壱岐星系防衛軍第三管区司令部が派遣した巡洋艦トリエステにより、準惑星禍露棲にいた。

三条新伍《さんじょうしんご》先任参謀もその場に同席していた。セリーヌ迫水第三管区司令官は、三条参謀の同席は考えていなかったらしいが、烏丸が同席するように申し入れたので、自身も副官のシンディ森山《もりやま》大佐を同席させていた。

第三管区司令官にとって先任参謀は常設の職務ではなく、常設は事務方のトップである副官である。セリーヌ指揮官に何かあったとき基地の全権を掌握するという重職だ。

三条としては同じナンバー2でも、格の違いを意識せずにはいられなかった。だが烏丸司令官は、三条も森山も同格と思っているようだ。それはありがたくもあり、重責でもある。

セリーヌ司令官は、キーロフ襲撃の事実を重視し、危機管理委員会の科学者チームからも専門家を派遣させ、緊急の会議を招集していた。襲撃から六時間後のことだ。すでにキーロフの乗員たちも救助され、事情聴取が進んでいた。

烏丸司令官がセリーヌより招集を受けたのも同じ頃だ。烏丸の権限では拒否することもできたが、むろん事の重要性から拒否などしない。

彼が到着して六時間後に関係者が集まり、最初の会議が開かれることになる。その前に烏丸はセリーヌよりキーロフ襲撃の顚末の説明を受けたのだ。

「戦闘の末と言っても、ガイナス兵が乗り込んできたのを乗員たちが銃で応戦して、カーゴベイからブリッジには前進させなかった。

だからガイナス艦はキーロフを攻撃し、完全に破壊した。癇癪を起こしたみたいにね」

「それは癇癪などではなかろう」

烏丸司令官はセリーヌにそう言い放った。

「その根拠は？」

森山副官が一歩前に出て尋ねる。三条の森山への印象は「厄介な奴」だったが、それがここでも証明された。

「それはだね、ガイナスは癇癪を起こさないからだよ」

三条もつい一歩前に出てそう反論する。

「個別のガイナス兵に感情があると信じるに足る証拠はない。集合知性には恐怖は認められるが、他の喜怒哀楽は確認されていない。

まして癇癪など、存在するという事例は報告されていない」

「これが最初の事例ではないのか！」

引きそうにない森山に三条が反論しようとするより先に、烏丸が質問した。

「副官殿、そも癇癪とはなんぞや？」

「癇癪とは……癇癪とは癇癪ではないか！」

「そう世間では、いまの副官殿のような態度こそ癇癪であろうな。そのようなことは夷狄はせぬ」

森山は破裂しそうな顔をしたが、それまでだった。

「で、烏丸さんの御説の根拠は？」

副官など眼中にないかのように、セリーヌは尋ねる。

「まず、事実関係の確認こそ重要ぞ。キーロフの積荷はなんぞや？」

「敷島で回収したゴートの死体と生きている細胞。捜索中隊の目の前で仲間に処刑されたとかで、死体ながらも細胞は生きてる組織を回収できた。その細胞と死体は、一つは禍露棲から出雲へAFD搭載艦で輸送した。残りは壱岐の宇宙要塞にある研究施設へ運ぶ予定だった。それが襲撃された」

「なるほど、それは重要物資よのぉ」

「我々にとってはね。まさか烏丸さん、ガイナスがその細胞を狙っていたとでも？　いや、それはないわよ。

現時点での各種情報から判断すれば、ガイナスはゴートと同族なのは間違いない。どちらも敷島に起源を持つ。そんなガイナスが、いまさら死体なんか手に入れても意味はないでしょ。

何よりも、ガイナスが我々の通信を完全に傍受し、解読できたというなら別ですけど、そうでない限りキーロフが何を運んでいたのかなどわかるわけがない。

彼らがそこまで我々の通信を理解できるなら、苦労はない。それは五賢帝と交渉している烏丸さんならわかるでしょ？」

だが烏丸司令官はセリーヌの説明ににこりともしない。三条は烏丸がこういう態度の時は、思いも寄らない方向から仮説が飛び出すことを学んでいた。今回もそうだった。

「小職の立場として、そちらの防衛軍の采配に苦言を呈するつもりはござらぬ。

しかし、モロトフ、ラザレス、キーロフの三隻は、どうやら我らの弱点でござったな」

「それは、壱岐が独自技術を開発するのが問題と解釈してよろしいか？」

気色《けしき》ばむセリーヌを、烏丸は鷹揚《おうよう》に手でなだめる。

「そうではござらぬ。独自技術は蓄えねばならぬ。まぁ、今回のことで言うならば、運が悪かったとなろう」

「運が悪い……」

三条は最近ようやく、前提条件から三段、四段推論を進めて、その結論を口にする烏丸思考に慣れてきたが、さすがに烏丸免疫のないセリーヌや森山には、飛躍した展開が理解できていないのは明らかだった。

「聞くところによれば、モロトフなどの嚮導警備艦を建造するにあたり、星系防衛軍も色々と下準備をしていたとか。新型の主機もその一環で、試験中の警備艦ヤーチャイカは事故により遭難し、その後の状況を推測すれば、ガイナスの手に落ちた。

一方、嚮導警備艦は火力こそ巡洋艦を意識していたものの、艦のシステムは警備艦のそれを踏襲していたときく。ヤーチャイカも嚮導警備艦も同時期に開発されたシステムを使っている。

ならばガイナスは、キーロフとその僚艦のシステムだけは容易に侵入できたのであろう」

その仮説に再び森山は我慢できなくなったのか、彼女は冷静さを保ちつつも、烏丸に根拠を求めた。

「根拠でござるか。

一つには五賢帝とのやり取りがある。夷狄は人類に睡眠が必要なことさえ知らなんだ。だが一方で、人類の歴史について不自然に詳しく知っている分野もある。そもそも五賢帝の交渉役が自らマルクスと名乗るなど、それなりの知識が必要じゃ。

いったいどこから、そのような人類に関する知識を得たのか？」

「それは、壱岐と禍露棲の間の電波通信を解読した結果だとの報告を受けているけど」

「左様。夷狄は意味もわからぬままに大量のコンテキストを蓄積し、我々との接触の中で言語構造を理解し、夷狄なりに咀嚼《そしやく》することに成功した。

この流れは大筋では間違ってはおるまい。だがいまここでモロトフのことを考えるなら、話はそう単純でもないようじゃ」

モロトフとはキーロフの僚艦だ。準惑星天涯の戦闘では軌道エレベーターを設置し、ガイナス艦の侵攻を目撃するなど、最初から最後まで関わってきた。烏丸はこの事実も今回の事件と関連があると思っているらしい。

「まず天涯の戦いを思い出していただこう。最初に天涯に進出したのは、キーロフの僚艦であるモロトフ。だがモロトフばかりが、三度も夷狄に天涯から追い払われる結果となった。

最後のときなどは占領した夷狄の地下都市に奇襲攻撃による爆撃を受けもうした。夷狄は常に我々の警戒が手薄なときに仕掛けてきた。夷狄は如何にして攻撃の好期を知ることができたか？

さらに夷狄の攻撃で多くの艦艇が撃破された中で、ただモロトフだけが生き延びることができたのはいかなる理由によるものか？

この一見すると幸運に見える出来事も、モロトフのシステムに夷狄が侵入したからと考えればすべての辻褄が合う。彼の船《か》が生きながらえ、天涯に進出してくれたほうが夷狄には好都合であったわけじゃ」

「それは状況証拠に過ぎないのでは？」

苛立ちを隠さないセリーヌに、烏丸は切り札を出す。

「危機管理委員会管轄の情報故に詳細は明かせぬが、夷狄の拠点で意思の疎通を図ろうとした時、あの者たちは我が艦艇へのシステム破りを試みた。そうした動きは当然予想されたこと故、こちらもハニートラップは用意した。警備艦の古いシステムをシミュレーションしたダミーを用意した。

夷狄はそれに対して侵入を試み、成功し、システムの管理者権限を確保しようとした。むろんそれは最終的に失敗に終わったが、重要なのはそこではない。

夷狄の侵入手順にはあまりにも無駄がない。システムの構造を知悉《ちしつ》していなければ、無駄のない手順での侵入は不可能じゃ。夷狄から見れば、我らのシステムは未知の存在であるはずじゃが、実際は違った。つまり夷狄は我々が宇宙船を制御するシステムを一つ知っているのじゃ、それが入手できるのはヤーチャイカしかない」

三条は思い出す。ガイナス拠点を封鎖し、バーキン司令官の提案で行った戦闘モジュールを用いた共通言語獲得実験のときだ。ガイナスは巡洋艦ツシマのシステムをクラッキングしようとして失敗した。それどころかクラッキング手順を一から烏丸に教える結果ともなっていた。

三条はその方面には明るくないので、システムをめぐる攻防戦の詳細は知らなかったが、烏丸がここまで解析していたとは思わなかった。

「迫水司令官はあるいはご存知ないかもしれぬが、現在この壱岐星系内でヤーチャイカと同じ構成のシステムを用いているのは、モロトフとその僚艦の三隻のみ。他の艦艇は巡洋艦から警備艦まで別のシステムで動いておる。

さらにモロトフとラザレスの二隻はドック入りしておった。つまり事件の時、稼働中だったのはキーロフ一隻だけじゃ」

「たしかにキーロフもモロトフもシェルマ型警備艦のシステムをベースにしている。正直、我々も根本からシステムを作り直すようなことはできなかった。

だからこそキーロフ一隻だけというのはおかしくない？　他のシェルマ型も同じようなシステムなのに」

疑問というより、誇り高いセリーヌは、こうした形での失態を認めたくないのではないか。三条はそう感じた。

「迫水殿もシステム更新がなされたのは存じておると思うが？」

「三年ほど前に行われた更新作業のこと？」

それはセリーヌだけでなく、三条も思い出した案件だ。出雲で艦隊司令部の事務方だったときだ。艦艇のシステムにセキュリティ上の問題が発見されたとかで、コンソーシアム艦隊の艦艇すべてのシステム更新が一週間で行われた。

詳細は不明のまま三条もあちこちの星系を移動し、更新作業の確認を行ったことを覚えている。

「左様。ここだけの話だが、ツシマ型巡洋艦を開発している時、ＯＳにバックドアを仕掛けて侵入しようとした者がおったのじゃ。侵入は失敗したが、ＯＳの欠陥もあきらかになった」

「そんな話、聞いたことがないわね」

三条もそれは初耳だが、それよりも烏丸司令官がことの真相を知悉していることに驚いていた。

「ことの重要性から、真相を知るものは軍内部でも五人とおるまい。犯人は優秀な学生だったが、機密管理の都合で、退学処分となった。どこの星系に行っても軍に関わる仕事には就けまい」

烏丸の表情から、その人物が今どこにいるかを把握していることを三条は悟った。烏丸が士官大学校の教授であることを考えるなら、犯罪者としての逮捕ではなく、退学処分で済ませたのは彼の采配だろう。

ただそれが温情かどうかはわからない。馬鹿な真似をしないように監視するとともに、必要があれば何かの仕事を割り振るつもりなのではないか。

「烏丸さん、あなたの話には一つ矛盾がある。五賢帝とあなたのプロジェクトの結果、ガイナスはいままで意味もわからずに蓄積していたコンテクストの意味を理解したとする。

だとすると、天涯でモロトフが三度追い払われた理由に説明がつかない。モロトフが最後に天涯を後にしたのは、ガイナス拠点を発見するより前。

ガイナスの集合知性が誕生してたとしても、言語的なコミュニケーションはとれない。したがってモロトフを情報源にはできないはずです」

三条は素直にセリーヌ迫水の力量を認めた。何しろ彼は、セリーヌが指摘した問題点に気がつかなかったのだから。

「さすがセリーヌ殿は噂に違《たが》わぬ逸材。指摘された疑問はもっともなもの。ただし、身共《みども》の仮説と矛盾はない。夷狄はモロトフのシステムには侵入できた。ただし、そこで交わされる通信内容は理解できなかったとする。

しかしながら単語の識別はできた。ならば単語の使用頻度と相互の関連性を統計的に解析することはできよう。暗号解読の基礎じゃよ。

故に、天涯や艦隊を意味するコードを解析することは可能でござろう。たとえば『天涯』『艦隊』『増援』、この三つの単語がわかっただけでも夷狄は何をすべきか決められよう」

「なるほど」

セリーヌは烏丸の説明に納得したらしい。

「実を言えば、危機管理委員会にキーロフの使用を要請したのは小職でござる」

烏丸があまりにもあっさりとそう言ったため、セリーヌもキョトンとするだけだった。

だが意味が理解できると、たちまち表情を曇らせた。

「それはどういう意味です？　烏丸さん、あなたは今回の事件を予想して、キーロフを出動させたと仰《おっしゃ》るんですか？」

「そうではござらぬ。いかに身共とて何も知らぬ乗員を囮《おとり》になどは致さぬ。むしろ夷狄がキーロフのシステム経由でこちらの情報を入手しているならばこそ、絶対に攻撃されぬと読んでいた。

ただ、禍露棲から壱岐までの二週間近い行程の中でキーロフを観察すれば、第二拠点の動向を探る情報が得られるやもしれぬと思ったのだがの」

セリーヌは烏丸の言葉に何かを悟ったのか、禍露棲から壱岐までの周辺の戦力配置図を仮想空間上で表示させた。

彼女はその配置図の中で、禍露棲から壱岐までの航路帯を拡大する。

「なるほど、そういうことですか」

セリーヌが特に強調して表示させたのは、小型探査衛星群が配備された領域だった。

探査衛星は手のひらに乗るほどで、センサーも比較的単純だ。しかし、これを万単位で特定の領域に展開することで、その領域のビッグデータを収集し、ステルス性能の高いガイナス巡洋艦を発見することを期待していた。

衛星群は重要な兵站線である壱岐と禍露棲の航路帯に展開された他、ガイナスの第二拠点が建設されていると思われる領域に集中的に投入されていた。

ところが最近になって、この第二拠点探索のための衛星群が集団で破壊されるという事態が起こった。探査衛星がまったく察知できなかったことから、大型宇宙船ではなく戦闘機並みの小型宇宙船の投入が考えられたが、その攻撃手法はわかっていない。

不気味なのは、禍露棲・壱岐間の航路帯を監視する衛星も徐々に破壊されているという事実だった。

烏丸がキーロフをあえて航路帯に移動させたのもそのためだ。航路帯に展開されている小型探査衛星群こそ、次の攻撃目標と予測し、意図的にガイナスに情報をリークするためにキーロフも加え、ガイナスを誘い出すという思惑があった。

ただこの計画は第三管区司令部には説明されていない。第三管区管轄下にあるキーロフからガイナスに情報が流れていると考えられる中で、そうした情報をセリーヌに説明し、万が一にもキーロフに漏れては作戦は水の泡だ。

それでも探査衛星消失の概要だけは、第三管区司令部には伝えてある。セリーヌ司令官は、烏丸の説明から、こうした作戦の可能性を導き出したのだろう。

「第三管区司令官としては愉快な話ではありません。しかし、作戦趣旨は理解できます。

ですが烏丸さん、キーロフが襲撃されたという事実は、あなたの仮説が間違っていたということでは？」

三条は、烏丸に真正面から「あなたは間違っている」と口にする人間を、この世で初めて見た。しかし、とうの烏丸は怒るでもなく、むしろ楽しんでいるようだ。

「貴女は昔とまるで変わらぬな」

「それでいいと仰ったのは、教官時代のあなたでは？」

三条はやっと得心がいった。出雲星系の士官大学校では他星系の防衛軍幹部も学んでいる。それぞれの星系防衛軍エリート幹部の登竜門だからだ。よってセリーヌが烏丸の教え子だった時代があっても不思議はないのだ。

「これはしたり。確かにそうであった。

で、身共の仮説は間違ってはいない。ただし考えが足らなかったことは認めねばなるまい。夷狄がどうしてキーロフを襲撃したか、それがこの事件の鍵でござろう」

「なぜキーロフを襲撃したと烏丸さんはお考えなのです？　積荷ですか？　いや、それはないでしょう。ゴートの死体はすでに何度かキーロフで運んでいます」

「いや、まさに積荷じゃろう」

烏丸は言う。

「キーロフが運んでいたのは、正確には死体だけではなく、死体とそこから回収された生きている細胞組織と聞く。

そして夷狄と死体は同族と考えられている。夷狄が人間の細胞から兵員を量産したことを考えるなら、生きた同族の組織が手に入るなら、何としてでもそれを手に入れよう。

キーロフの戦闘詳報を見る限り、夷狄は最初、宇宙船ごと奪取するつもりだったと考えられる。しかし、警備艦長がシステムを消去したことで、操艦不能となった。よってキーロフを切断し、積荷だけを奪取した」

「つまり、ガイナスにとってゴートの生きた細胞組織は、キーロフよりも価値があったということですか」

烏丸はセリーヌに頷く。

「夷狄にとって、キーロフからの情報さえ、もはや不要となった。そういうことやもしれん」

3 大森林

惑星敷島に投入した二つのドローン、ラビットとアルバトロスは正常に機能していた。軽巡洋艦クリシュナ、駆逐艦サカキとサクラの三隻は、敷島の赤道より四万八七五〇キロ離れた軌道上に等間隔で展開していた。

こうすることでドローンがどこにいても、三隻のいずれかが電波を受信できる。さらにこの高度では、敷島の自転速度と軌道上の艦艇部隊の周期は二対三となる。なので三日に二回は、同じ時間に同じ地点を観測することが可能だった。

大月カンサ艦長としては、少しばかり肩の荷が下りた状況だ。この段階でトラブル発生では、先が思いやられる。同時に、何もないことに彼女は漠然とした不安を覚えていた。自分たち以外の宇宙船が軌道上に展開しているにもかかわらず、敷島からの反応は何もない。宇宙船も飛んでこなければ、通信電波が送られることもなかった。

二つのリングにも、人類の宇宙船を意識したと思えるような動きはない。

衛星美和での反応などからして、スキタイが人類の存在に気がついているのはほぼ間違いない。にもかかわらず、この無反応は何であろうか？

厄介なのは、無反応とはスキタイの情報も得られないということだ。彼らが徹底して情報を出さない方針なのだとしたら、現時点でそれは成功しているだろう。

このような状況であるから、地上の平原を進むラビットからの情報は、ジャック真田たちがもっとも期待したものだ。

ドローンを送る前から、惑星敷島には一つの謎があった。リングから宇宙船が飛んでくるのはわかっていたが、肝心の惑星には都市が見当たらないのである。

考えられるのは地下都市の可能性だった。準惑星天涯でも、ガイナスは地下に都市を建設した。

また太古の敷島で本当に核戦争があったのなら、住民たちが地下都市を建設することはそれほど不自然ではない。

ただ衛星からの観測では、地下都市を示唆する熱源の類《たぐい》は観測されていなかった。そこで真田は海岸に近く、小惑星衝突後の核戦争によりできたと思われるクレーター周辺部にむけて、ラビットを進めた。

そこは沖積平野で海に面しており、都市が建設されるとすれば理想的な位置にある。だから文明が地下で続いているとしても、大災害前の文明の痕跡が認められるのではないかと考えたわけである。

核戦争で生じたクレーターと言っているが、それも憶測でクレーターが生じた原因はわかっていない。小惑星などの濃厚な領域を惑星敷島が横切ったために、小惑星の絨毯爆撃を受けたという説もあるからだ。

遠浅の砂浜から平野に進む。上陸して内陸方面に一〇〇メートルほど進めば、すぐに草地だ。ラビットはそこを進んでゆく。

巨大なドローンに驚いたのか、草地や樹木から数は少ないが、昆虫のようなものが飛び立った。正方形の緑色の羽を四枚つけた、蝶に似た生物だ。

草から巨木まで植物は数多く見られたが、それらは葉っぱだけでなく、幹も枝も緑だった。

G型恒星の輻射光の関係か、出雲でも壱岐でも土着の植物は葉緑素を持った緑色であった。だからやはりG型恒星の敷島星系でも、緑の植物が繁茂しているのは不思議ではない。ただ幹まで緑なのは初めてだった。

ラビットの上をアルバトロスが通過し、その精密な観測データを送ってきた。植物に埋もれて地上からはわからないが、ラビットから一〇キロほど先に直線状の構造物があるという。

問題の地点に到達する前に、ラビットは草原の中に明らかな人工物を認めていた。

「敷島文明のものでしょうか？」

カンサの問に、真田は目で肯定する。この人工物から一瞬でも意識を逸らしたくないかのようだ。

それは差し渡し五〇メートル、高さ五メートルほどの構造物である。元はアーチだったと思われるがほとんどが崩れ落ち、大部分は地中に埋もれていてわからない。ドローンのＡＩは自身の判断で崩壊したアーチに近づき、ロボットアームのカメラを伸ばす。アーチは激しい衝撃を受けたためか、残っているのは橋脚だったらしいごく一部だ。分光計で調べると、全体の素材は大理石だった。

「探査衛星のデータからすると、このあたりは干上がった河川のような構造がある。ならば、あれは橋か」

真田はそう言いながらも、あまり自分の仮説に自信があるようにも見えない。異星人文明にどこまで人間の常識を当てはめていいのか、確信がないからだろう。

「橋があるということは、地面を移動していた存在がいたってことですね？」

「我々の常識からすればな。

ガイナスは準惑星天涯の地下に石造りの都市を建設していた。あの中には陸橋もあった。スキタイがガイナスと関連があるとすれば、橋があっても不思議はない」

ラビットはそこで連結を解除して三両のドローンに分離すると、それぞれが異なる方向から陸橋の計測を開始し、そのデータを送ってきた。

ただ一通りの計測を終えると再び連結し、本来の目的地に向かう。陸橋そのものの調査は重要度の高いものではないが、計測機器の試験にはなった。

すでにアルバトロスはラビットの上空から移動しており、核戦争の痕跡と思われるクレーターの縁の近くに、目的となる直線状の構造物を認めていた。

アルバトロスのさらなる調査によると、それは全長二キロほどにもなり、何らかの都市機構の一部と思われた。

ラビットはアルバトロスの計測した地形データを元に、最適なルートで問題の構造物まで急いだ。

映像にはどこまでも緑豊かな大地の景色が続く。カンサはその大森林に何か不自然なものを感じたが、それが何かわからなかった。

そもそも進化史からして違う惑星なのだから、違和感を覚えて当然とも言える。

それを真田が言語化してくれた。

「艦長、この森林地帯、おかしいと思わないか？」

「えぇ、うまく言葉にはできませんけど、何か不自然な感じがします」

「だろう？　この森林、樹木の大きさが段階的に揃っているのはまだしも、外見から判断して、すべて同じ植物だ」

真田に指摘されて、カンサは自分が感じていた不自然さの正体に気がついた。

目の前の大森林は、草原の中に三〇メートル以上はあるような細長い針葉樹が生えていた。一見すると等間隔に植えられたようにも見える。

だが、ドローンの映像分析では、人工的に等間隔に植えられてはおらず、誤差はそれなりに大きかった。

問題は真田の言うように、すべての樹木がどう見ても同じ種類であることだ。大きさが異なるだけで、形状は同じである。

カンサはふと気がついて、ドローンの車輪付近の草を拡大する。驚いたことに一〇センチほどに揃っている草原の草も、形状は大木と変わらない。全長三〇メートルなら細長い針葉樹だが、一〇センチなら草でしかない。

カンサが気づいたとわかると、真田はラビットからの映像を立体的に再構成させる。

「二つの可能性がある。この大森林は種は異なるが形状が同じ植物で形成されているか、あるいはただ一つの植物種で形成されているかだ」

「博士はどちらだと？」

「私の主たる研究フィールドは海洋だが、陸棲生物についてもわかっていなければ、海洋生物は語れない。両者には密接な関係があるからね。

今回は海洋調査までは手が回らなかったが、ラビットのデータでは例のカエルをはじめとして、海洋生態系は多様性を維持しているようだ。

だとすれば、種は異なるが形状が同じ植物で形成されていると考えるのが妥当だろう。捕食者か何か、この形状を選択させるような生物学的な要因がこの大陸部にはあると思う」

真田は戸惑いながらもカンサに説明した。

「博士もはじめてですか、こんな生態系は？」

「はじめてだが、理由は考えられなくはない。

何千年か前に敷島は惑星規模の大変動に見舞われた。陸も海も生態系は大打撃を受け、大量絶滅が起きただろう。

その後、生き残った生物群により生態系は再建された。海洋は比較的早期に多様性を回復できたが、陸上はまだその途上にあるのかもしれない。

何かの理由で、こうした形状の植物だけが破滅的な惑星環境の中で生き延びた。だからこうした植物しか我々は見ることができない。

それどころか、いま我々が目にしている光景も、一〇〇年前はまったく違っていた可能性がある」

「なぜですか？」

「単純な話だ。生物の多様性が乏しい生態系は、特定の種が増えたり減ったりするだけでバランスが崩れ、劇的に変化してしまうからだ。

肉食動物と草食動物と植物の三種類しかいない生態系を考えてみればわかる。肉食動物が少しばかり草食動物を狩り過ぎると、植物は過剰になり、肉食動物は餌を失って数を減らし、やがて草食動物が短期間で爆発的に増える。

だがそうなるとこんどは植物が激減する。このため草食動物が減少し、再び植物が盛り返し、草食動物が増えると肉食動物も増え始める。

だが植物の再生速度と草食動物が餓死する速度の関係が狂えば、植物が枯渇した土地で、草食動物を食い尽くした肉食動物だけが残る。待っているのは大量絶滅だ。

単純な生態系というのは、安定性は決して高くなく、わずかなゆらぎで大量絶滅を繰り返すことになる。

生態系が安定するためには、多種多様の生物群が関係性を保つ必要があるわけだ」

「我々が目にしている光景も、動物が激減し、その隙間を植物が埋めている過渡期かもしれないと?」

カンサに真田は同意の表情を浮かべる。

「どういう状況か具体的には言えないが、現在の単純な生態系は将来、ここで大規模な変動が起こる条件を備えている。

数千年という歳月など、惑星環境の歴史から見れば、一瞬に過ぎない。多様性を回復するにはあと一万年はかかるんじゃないかな。その頃にはもっと多様な形状の植物が見られるはずだ、教科書的に考えるなら」

　カンサには真田の話が新鮮に思えた。人間の尺度で安定しているように見える生態系も、惑星の歴史の中では激変の連続というのが。

「敷島文明が地下にあると言われてますが、それは地上の生態系の変化が劇的すぎるからでしょうか？」

「あぁ、そんな視点では考えていなかったが、それはあり得るかもしれない。都市文明そのものも生態系を変化させる大きな要素だ。生態系が真に安定するまで地下都市で生活するという判断は否定できないな」

　ラビットはそのまま草原を進んだ。蝶のような生物が見える程度で、草原には植物以外の姿は見えない。ラビットは全長一五メートルもあるから、他の生き物は警戒して逃げたり隠れたりしているのか。

　ただ鳥に類する動物がまったく見えないのは不思議だった。アルバトロスの広域写真にも空を飛ぶ生物の姿は観測されていない。

　また草原を画像分析しても、他の惑星の生態系でなら認められる獣道のようなものも、ここでは確認できていない。

「植物以外の生物の個体数減少はかなり深刻かもしれないな。他の惑星なら、獣道もできれば、接触したときの傷跡が残るものです。葉っぱを食べるとか、幹で爪を研ぐというように。

しかし、この周辺の植物には、そんな傷跡も食べられた痕跡もない」

真田はラビットからの光景に、何か不安なものを感じているらしい。

「大きな変化でも起こるんでしょうか？」

それはカンサの勘のようなものだったが、真田はそうだと言う。特定のものだけが異常に勢力を拡大すれば、その反動が来るはずだと。

しかし、ラビットやアルバトロスの画像を見る限り、生態系の大規模な変動につながりそうなものはどこにも見られない。

そうしてついに、都市の一部らしい構造物の前に到達した。それは不思議な光景だった。

他の惑星なら砂漠のような環境でないかぎり、建物は蔦《つた》のような植物で覆われ、その蔦を利用して他の苔《こけ》などの類が表面を覆うことが通例だった。

だが敷島では違った。石造りと思われるその構築物の表面には、風雪による風化の様子がはっきり見て取れるのだが、蔦が這うこともなければ、苔むしてもいない。

ただ構築物が作る日陰部分は植物の育成が進まず、そこが他の森林部分との境界を作り上げていた。どうやらアルバトロスが察知した直線部分は、構築物そのものではなく、それが作り出す日陰のために植物の生育が悪かった部分であるらしい。そこが他の森林とのコントラストで、結果として構築物を浮かび上がらせているのだ。

構築物は確認できる範囲で高さ一〇メートル、奥行き五〇メートルほどあり、それが横に五〇〇メートルほど続いている。

地上にある部分でこの大きさであることを思えば、建設されたときの建物はもっと巨大だったのだろう。ただ全体に傾斜しており、いまはほとんどが土に埋もれているようだ。ラビットのアームを伸ばし、レーザー分光計で建築物の素材を調べると、その組成は拍子抜けするようなものだった。

「カルシウム、アルミニウム、珪酸、水、その他水和物……コンクリートじゃないか」

異星人はコンクリート建築物を作るなという法律があるわけでもないが、人類ならコンクリートで構築しそうな建物を、異星人も同じ手段で建築したことが、真田には驚きであったらしい。

そのへんの感性はカンサにはややわからない。どんな文明のどんな生物でも、手近の資源で問題解決を図るだろう。ならば細かい組成や製法は違っても、敷島文明がコンクリートを利用するのはむしろ自然ではなかろうか。

建物はコンクリート製の屋根を幾つもの柱で支える構造のようで、人類で似たものを探すなら、鉄道駅や市場、あるいは大型のイベント施設か。かなり崩壊が進んでいたが、どうやら二階建ての構造であるらしい。一部だが、二階部分の床らしいものが残っている。

ただほとんどが崩れており、一階の床部分にその残骸が堆積していた。そして地盤の傾斜と柱の崩壊で、屋根もまた大きく崩れていた。崩落した柱の残骸には、錆びてボロボロの鉄筋がのぞいている。レーザー分光計で計測してもそれは鉄筋であり、この建物は鉄筋コンクリート製のものであるようだ。

「真田博士、この建物の構造強度ってわかります？」

「数字の桁が合っている程度の精度で良ければ、すぐ出せるが。柱の断面もわかってるからね。ただ、より精密な分析は、コンクリートの強度、鉄筋の組成や組み方を調べないと駄目だ」

「概算で結構です。普通の住居程度なのか、要塞のような頑強なものか、それさえわかれば」

「それは構わないが……何が気になるのだ艦長？」

「この土地は核戦争で生じたクレーターの近くじゃありませんか。だったら、こんな建物残りますか？

さっき通過した橋なんか、ほぼ原型を留めてませんでした。あの橋が崩壊したのが核戦争によるものなら、この施設は形状が整いすぎていませんか？　規模が大きければ、衝撃波も受けやすいと思いますが」

「確かに艦長の言うとおりだな……いや、軍人にしておくのが勿体《もったい》ない」

真田には、軍人からこんな視点の意見を聞かされるというのは本当に驚きであったらしい。軍人を馬鹿にしているのか、とも思う。ただ真田は以前に、軍人に協力してひどい目にあったという噂も聞いていた。ならばそうした偏見も仕方がないのか。

何にせよ、こんなことで真田と喧嘩しても得るものは何もない。発言が彼なりのカンサに対するリスペクトであればなおさらだ。

真田はそんなカンサの胸中など斟酌《しんしゃく》せず、ＡＩを駆使して構造計算をしていた。

建物のモデルが出来上がり、そこにクレーターの大きさから割り出した核爆発の衝撃波を加える。大気だけでなく、地面からの衝撃波により、建物は爆発するように四散した。

「耐えられんな……」

それは重要な事実だった。この施設が核戦争前から存在していたならば、これほど原型を留めていることは不可能だ。

確かにかなり崩壊は進んでいるが、鉄筋コンクリートの建築物が何千年も放置されていれば、崩壊しないほうがおかしい。施設の傾斜も地盤の問題で、衝撃波とは無関係に見える。

「ということは、この施設は核戦争の後に建設されたのか。敷島文明は小惑星衝突や核戦争後も、この程度の施設を建造できるだけの工業力と技術力は維持していたのか」

「でも、自滅したんですね」

カンサは、敷島文明のあまりの理不尽さに憤《いきどお》りを覚えた。この構造物は見える範囲でも五〇〇メートルはあり、おそらく全体の大きさは倍以上あるだろう。

この施設が何なのかは不明だが、それだけのインフラを建設できたのだ。しかし、核戦争のあとでは、これが限界だったのか。結局、彼らは滅んでしまった。

だが真田は別の意見を持っていた。

「自滅と決めつけるのは早計だよ、艦長。彼らは宇宙技術も維持しているんだ、それを忘れちゃ困る。

おかしいとは思わないかね？　アルバトロスはこの遺跡を発見できた。しかし、コンクリートや大量の鉄材を生産していたはずの工業設備は見つけていない。

たぶん類似の施設は幾つもあるはずだ。これ一つだけを建設するのは非効率だからね。惑星で唯一無二の遺跡にたまたまラビットが遭遇するというのは、確率的にもありえないだろう。

大量の建築物を可能とした工業インフラは、それが遺跡となったとしても、衛星探査レベルで発見されていなければおかしい。だが発見されていない。

それなら地下にあると結論するしかないだろう。単純な話だ」

「そうでしょうか？」

カンサには新たな疑問が生じた。

「ドローンのデータを見る限り、この惑星の大気なら我々でも生存できます。酸素は二〇パーセント、残りはほぼ窒素です。生態系が激変するとしても、地下都市の技術があれば対応は可能でしょう。ならば、いつまでも地下生活を続ける理由にはならないのでは？」

真田はカンサの質問を嚙み締めているようだった。

「それは結局のところ、スキタイの意思の話だ。我々にはわからんよ。彼らには彼らなりの合理性があるのだろう」

「何千年も地下に潜っているメリットなんてあるのでしょうか？」

「だから艦長、現時点では結論を出すには情報が少なすぎる。たとえば、そもそもスキタイが敷島に存在しているという証拠もない。じつは惑星には住まずに、あのリングに居住している可能性だってあるだろう。

内側の第一リングだけで、床面積は一万三〇〇〇平方キロ以上ある。仮に内部が集合住宅なら、少なく見積もっても数千万人の人口を支えられる。じっさいゴートのような生物がリングの上を歩いていただろ。

仮に地下都市があったとしてもだ、何千年も住んでいたのかだってわからんだろう。あの巨大な構造物が建設された時代、スキタイは地表に住んでいた。地下と地上を何度も行き来してきた可能性も否定はできんよ」

ラビットはレーザーレーダーによる構造物の計測が終わると、すぐに前進した。遺跡の風化が著しく、ラビットを内部に移動させるのは崩落の危険があった。

ラビット内部にも小型ドローンはあるのだが、数は限られており、崩落の危険がある遺跡には投入しないと真田は明言した。

この先もっと調査すべき存在が現れないとも限らないからだ。調査をはじめて、まだ二四時間も経過していないのだ。

それから一週間が経過しても、特に大きな発見はなかった。クレーターの内部は円形の湾になっていたが、アルバトロスによれば、文明の痕跡を示すようなものは見つからない。なのでラビットは内陸を目指した。

多くの惑星では夜間に活動する生物も珍しくなく、夜の生態系は別の顔を見せるかとカンサたちも期待していた。だが夜も昼も、敷島の生態系に変化はなかった。

ただ内陸へ進むにつれて、ラビットとアルバトロスは、秒単位の電波信号を何度か受信した。意味は不明であり、なぜか電波源も特定できない。

戦術AIはレーダー波という可能性が一番高いと分析し、送信源として地中の可能性を指摘した。地面そのものをアンテナのようにしているというのである。

遺跡らしいものは幾つか遭遇したが、いずれも崩れた建物の残骸ばかりであり、調査に耐えられそうなものはなかった。それらはいずれも鉄筋コンクリートの建物だった。どれも大半が土砂に埋もれており、ごく一部が地上に露出しているに過ぎない。

ただ最初の遺跡をはじめ、内陸方面で遭遇した建物は直線状に並んでおり、施設の大半が地下に埋もれていることなどから、地下鉄の類ではないかと思われた。

だとすると核戦争後に、スキタイは地下鉄を建設する程度の資源と技術を有していたことになる。もっとも惑星を二つの巨大なリングで囲んでいることを考えれば、地下鉄建設など不思議でも何でもない。

ただそうであるとすれば、小惑星衝突の大打撃を受け、核戦争で敷島の文明は滅んだというシナリオには修正が必要かもしれなかった。

しかし、真田はそれよりも、別の部分に関心をいだいていた。

「あの植物のサンプルを打ち上げる」

「えっ、あの何の変哲もない草とかですか？」

ラビット搭載のロケットに一トンくらいの打ち上げ能力があるならそれもわかるが、グラム単位でしかサンプルを打ち上げられないというのに、なぜ草なのか？　せめて他の生物と遭遇してからでも遅くないのではないか？

カンサ艦長は率直にそのことを述べた。だが真田は彼女の考えは織り込み済みだった。

「サンプルは草と灌木、さらに大木の一部だ。それで打ち上げ重量は一杯だ」

「何を調べるつもりなんです？」

「アルバトロスの映像も参照しての感想だが、やはり敷島の植物群はどこに行っても草と灌木、そして大木、その構成比はほぼ一定だ。

ある種の植物は、毒素を出して自分たち以外は生育できなくする。この植物群もその類いかもしれない。わかるかね、この植物が敷島の生態系を左右するなら、文明のあり方も、この植物により左右されることになるんだ」

「つまりこの植物を調べることで、スキタイへの対処法も見えてくるとお考えなんですか?」

「これほど多様性の欠けた生態系が、文明と無関係とは思えないじゃないか」

真田の主張は機動要塞に伝えられた。ほとんどの調査計画は真田の判断で行われるが、サンプル回収だけは要塞司令部で判断される。専門家チームが待機しているのと、ラビットはサンプル回収用ロケットを一基しか搭載していないからだ。

だが予想に反して、真田の意見はすぐに承認された。追加のサンプル回収用ロケットが敷島の地表に投下されることになったからだ。七本一束のキャニスターを地上に落下させ、それをラビットが回収する。

もっとも、最初の設計でサンプル回収ロケットが一基だけだったのは、積載スペースの問題だけでなく、敷島から打ち上げて撃墜されるのを恐れたためでもあった。

これについては現状でもわからないが、アルバトロスやラビットの活動が何ら妨害されずに続けられる点から、撃墜の可能性は低いと考えられたのだ。

キャニスターは駆逐艦サカキが機動要塞を往復して持ち込み、そのまま大気圏内に投下された。パラシュートを展開し、減速ロケットブースターも使用したが、投下作業は拍子抜けするほど順調に終了した。

その間にラビットは適当な植物サンプルを採集し、回収ロケットにセットした。ロケットを搭載しているドローンは切り離され、安全距離まで本体と間隔を置く。万が一の場合にラビット全体が破壊されるのを防ぐためだ。

「成功確率はどれくらいだと思います？」

カンサ艦長にとっては、それは世間話などではなく、軽巡クリシュナでサンプル回収ロケットを守れるかどうかという問題でもあった。

ロケットは敷島の衛星軌道には乗らず、そのまま垂直に上昇するようセットされていた。衛星軌道に乗らないなら、同じ燃料でより高い高度を狙える。ただし弾道運動をしているため、燃料が切れたら再び落下する。ロケットはこの最高高度で駆逐艦サカキにより回収される。

クリシュナとサクラが外部から、この作業を妨害しようとする相手を排除する役割を担っていた。だからロケット回収の前に宇宙船の移動も行われる。

ロケットはこの時点で、軌道上のサカキとは秒速二五〇〇メートル以上の速度差を持っている。直接接触すれば、木っ端微塵になるため、ロケットはサカキからの磁場により加速され、最終的に速度を一致させて回収された。

サンプルの回収が確認されると、サカキはそのまま機動要塞に移動する。

「あの植物の何がわかるでしょう？」

カンサの質問に真田は率直に答えた。

「我々が何について無知であるかだ」

＊

機動要塞はまだ完成していなかったが、内部のラボはすでに仕事を始めていた。ただ敷島星系での勤務は、最悪の場合、二度と人類コンソーシアムに戻れない可能性があった。

このため機動要塞職員の人選は意外に進んでいない。希望者が少ないわけではなく、むしろ多いくらいである。ただし、それらの人材の現在の職場にとって、優秀な人間が抜けてしまうのは大きな痛手だ。

そうしたことも問題を難しくしていたのである。機密管理の問題も関わってくるため、誰でもいいというわけにはいかないのである。

結果として、壱岐星系を中継地として機動要塞への出張という形が多くなる。現場はなんとかそれで回っているように見えるが、固定職員は相変わらず少なく、幾つかの作業を掛け持ちしており、チームの連帯を醸成するのは難しい状況が続いていた。

この件に関してはバーキン大江司令官も、カウンセリングを含めスタッフの負担軽減に努めていたが、出雲星系や壱岐星系でも人手不足が深刻という情勢では、現場でできることには限度があった。

だから、その事故は起こるべくして起こった。

「班長、サンプルAが草、サンプルBが灌木、サンプルCが大木の細胞で、それぞれの環境条件ごとにプレートに分けるんですね？」

生物学セクションのダン・マテオ研究員は、班長であるエバ・ゾレフ博士に確認する。

生物学セクションは、微生物の拡散やコンタミネーションなどを避けるため、狭い実験室が並ぶ構造となっていた。空調さえ独立しており、本管と接続する前に幾つものフィルターとセンサーを通過し、汚染がないことが確認されている。

だからその実験室にもダンとエバの二人しかいない。部屋はガラスの箱であり、四面は透明になっている。隣の実験室の様子も見ることができる。

部屋の大きさは、ゴートの死体を分析するような場所なら六メートル四方ほどあるが、細胞の分析などの実験は、三メートル四方の小部屋で行われる。

その狭い部屋の中央にはアイランドキッチンのような実験装置が置かれている。プレートごとに細胞の生育環境を変えて、その代謝や生理などを分析する装置だ。

サンプルはゼリー状の培地に載せられ、水分を摂取できるようになっていた。それぞれのプレートは、与えられる栄養や、酸性／塩基性などの環境が変えられている。細胞群の最適な生育条件を割り出し、実験用サンプルを量産するとともに、代謝機能の調査を行うのが目的だ。

「そう、そんなところね」

エバ班長はそう言ってタブレットに表示される実験手順の確認をするが、雑にやっている印象をダンは抑えきれない。

それも仕方がないとダンは思う。彼女はこれから壱岐経由で出雲に戻らねばならない。危機管理委員会の研究機関で、高度な機密情報にアクセスできる人材は限られている。なかでも科学者であり、組織管理も委ねられる人材の不足は深刻だった。じっさいエバ博士は、ダンが知ってるだけでも四つのチームを統括している。

あと数ヶ月で彼女は、出雲の職場を信頼できるスタッフに任せて機動要塞に異動する予定であったが、それまでは今の勤務状況が続くのだ。

「ダン、微生物検査はどうなってるの?」

「省略です」

「省略ですって、どういうこと?」

ダンはエバのその反応に軽く苛立ちを覚えた。報告はしたが意識に上っていなかったのか。多忙はわかるが、これは少しひどくないか。

「ラビットから打ち上げられたサンプルからは、微生物は検出されていない。そう報告したと思いますが」

「それは聞いてる。だけど、あのサンプルの細胞はどんな代謝かわからない。細胞内に別の微生物が寄生していないとも限らない。それを言ってるのよ」

「あっ、そっちの話ですか。それは細胞サンプルの増殖後に次のステップで行われます。ほぼ検査機が自動で」

「ごめん、別の手順と混同していた」

「余計なことかもしれませんが、せっかくレアードなんて高級客船で帰還するんです。仕事は忘れて十分休養をとられては？」

「ありがとう、そうするわ」

そう言うとエバはダンを安心させるように、自身のタブレットの電源を切った。

こうしてエバは客船レアードにて他のスタッフらとともに、壱岐星系に戻っていった。エバか、彼女と同格の別の上級研究員が来るまで、このエリアはダンが責任者として管理することになる。

とはいえ、サンプルをセットした後は実験装置が自動で育成してくれる。その間にダン研究員は、別の担当案件を片付ける。多忙でない科学者は機動要塞にはいなかった。

ダンが実験装置の異変に気づいたのは、開始から二日が経過したときだった。

正直、他の仕事に忙殺され、敷島からのサンプルの培養について忘れていたのである。

彼が気づいたのは、別の部門からの問い合わせがあったためだ。

そこでダンは自分のオフィスから実験装置のデータを呼び出して青くなった。

「なんだ、この設定は！」

同僚たちが訝《いぶか》しげな視線を送るなか、彼は立ち上がってしまった。実験装置からのデータは、敷島からの細胞サンプルの増殖条件を検査するものではなく、別の実験に用いた設定のままだった。

設定条件がかなり異なるため、細胞サンプルは死滅している可能性がある。じっさい実験装置のサンプルプレートからのカメラ映像は、死滅しているものはなかったが、変色したものもあり、幾つかはカメラが汚れて映像そのものがわからない。

ダンはすぐに実験エリアに急ぐ。どうしてこんなことになったのか。その理由はすぐにわかった。エバが客船で壱岐へ戻るときにタブレットの電源を切ったが、実験装置のプログラムを確認しただけで、承認のコマンドを入力していない。

ダンが余計なことを言ったために、エバは新しい実験計画の承認をせずに、タブレットの電源を切ってしまった。そして実験装置が古い設定のままなのに、それを確認せずにダンは実験を開始した。

単純な確認ミスだ。果たして、サンプルは使えるのか？　貴重なサンプルだ。実験に失敗しても、廃棄という選択肢はない。

彼は実験エリアに飛び込む。装置は古い計画のまま作動を続けている。ダンはまずカメラが汚れているプレートを引き出して、悲鳴をあげた。

プレートからは小さな蝶のような生物が、二匹飛び出してきた。植物の細胞サンプルにもかかわらず。

＊

ダンとエバの実験から現れた蝶のような生物。これに関して緊急の会議が機動要塞内で開かれた。最終的な判断は危機管理委員会に委ねるにせよ、最低限度の事実関係はまとめねばならない。

会議のメンバーは、バーキン大江司令官とメリンダ山田《やまだ》経理部長以外は、コン・シュア研究主任やジャック真田博士らなど科学者ばかりだ。それでも全体で一〇人もいない。

メリンダは事実上の副官格ということで会議に参加しているものの、場違いという印象は拭えなかった。自分よりも兄のキャラハン山田のほうが適任だろう。とはいえ、彼はここにいない。

「どうやら我々は、惑星敷島についての認識を根本から改めねばならないようです」

全体を統括したのは、真田だった。顔色が冴えないのは、暫定的にまとめ上げた結論があまりにも人間の常識を離れていたためだろう。

場所は司令官室に隣接した小会議室だったが、真田は室内に敷島の地表を立体映像で再現する。瞬時に会議室は草原となった。

「G型恒星の生態系については、我々はすでに出雲や壱岐の経験があります。K型恒星まで含めれば、周防《すおう》や瑞穂《みずほ》の生態系も知っている。

そうした過去の経験からすれば、敷島の生態系は、既知のどの惑星の生態系とも異なっている。

アルバトロスとラビットの情報を総合すると、惑星敷島の陸上には、あの植物しか生息していません」

メリンダは真田の次の言葉を待ったが、彼は彼で、別の反応を期待していたらしい。しばし、沈黙が続く。

「どうして植物が一種類だけなのでしょう?」

バーキン司令官が議事を進めるためか、そう尋ねたが、真田は首を振る。

「そうじゃないんです。

敷島の植物が単一種なのではなく、陸生生物すべてがあの植物から発生しているんです」

「あの蝶々のような生物も植物から生まれたと仰《おっしゃ》るんですか?」

メリンダは、つい司令官を差し置いて質問してしまった。

「信じがたいでしょうが、それが事実です」

真田は実験装置のカメラ映像を再生する。それはダンが取り出して悲鳴をあげた、蝶のような生物が入っているプレートの映像だった。

まずプレートの培地の上で、植物細胞は分裂を繰り返し、そしてそれは草にもならないまま蛹《さなぎ》のような塊となる。それ以上の映像はカメラの汚れで映っていない。

ただ別の画像で、蛹のような塊はさらに二つに分割していた。その二つの細胞の塊はしばらく成長していたが、やがて変色し、それぞれから蝶のような生物が現れる。それがプレートに閉じ込められていた。つまり蝶は植物から生まれたことをこの映像は示していた。

あまりのことに、メリンダを含め誰も言葉を発しない。生物がこんな進化を遂げるだろうか？

「現時点で結論を述べるのは時期尚早かもしれませんが、それでもこれだけは言えます、敷島の陸生生物とその生態系だと我々が思っているものは、じつは生物ロボットによる環境制御系であると」

会議室はざわついたが、すぐに落ち着いた。バーキン司令官が先を促したので、真田は説明を続ける。

「少し遠回りですが、結論が結論なので順番に説明します。

まず、サンプルである植物の細胞ですが、これがまず前例のないものです。

かでした。

我々は複数の惑星の生態系を知っていますが、生物は単細胞生物か多細胞生物のいずれ

　ところが、敷島の陸上を支配している植物は異なる。二細胞生物です。単細胞生物はなく、すべて二細胞か、二細胞を基本単位とした多細胞生物です」

「それは一つの細胞が二つに分裂しているのではないのですか？」

「司令官の疑問はもっともですが、独立した細胞二個が結合して一つの基本細胞を構成しています。なので、細胞分裂のときは一時的に四細胞になりますが、それはすぐに分裂し、二組の二細胞になります。

　二細胞に何のメリットがあるのか？　私も最初はまったくわかりませんでした。だが、実験装置でこんな現象が記録されていました。ある種の薬剤を用いた試験ですが、遺伝子の突然変異が起きやすくなる副作用のあるものです」

　それは顕微鏡で撮影されたものだった。二個の細胞は一組となって代謝していたが、それらが分裂し、四つの単細胞となった。だが四つのうち一つの細胞だけが、薬物の影響か形状が他と異なっていた。

　その状態で、四個の単細胞は二組の二細胞となった。ところが形状の異なる単細胞を含む二細胞は、そこで両方とも死滅してしまった。

「これが単細胞から二細胞となる理由です。つまり突然変異した細胞が現れたら、その細

胞組は自死することで、集団として突然変異を排除するのです。

二個一組となるのは、独立した細胞が互いに自分の相手となる細胞と接触する過程で、同じかどうかを確認するためでしょう。同一ならそのまま増殖する、同一でなければどちらかが変異体なので、自死することで変異を拡散させない。それがこの二細胞組織の意味です」

なぜそんな進化をしたのかとメリンダは思ったのだが、上司であるバーキンは一手先を読んでいた。

「それが、陸上生物がロボットという根拠ですか？」

「そうなります。まずラビットが海上を移動中に観察した範囲で、敷島の海洋生物は単細胞もしくは三個以上の多細胞で、二細胞は観測されていない。例のカエルも海中で確認されましたが、缶詰のサンプルは一般的な多細胞生物であることを示しています。

そして二細胞植物が陸上で進化した可能性ですが、それはありえない。細胞に突然変異が起きたら死滅する二細胞植物です。進化の余地などありえません。一〇〇万年が経過しても、敷島の陸地は同じ景観を維持し続ける」

「微生物やウィルスの影響で進化しませんか？」

「バーキン司令官の考えはわかります。微生物やウィルス感染により広範囲に遺伝子の変異が起これば、進化の可能性も生じるのではないか、と」

バーキンは頷くことで同意する。

「ですが、ラビットが観測した範囲で、敷島の地表に微生物は存在しない。何ヶ所かのボーリング調査を行いましたが、表土に微生物はいない。土壌深くを調べれば、何某《なにがし》かの活動は観測できるかもしれませんが、確認できる範囲では見つかっていない。

そしてボーリングでさらなる発見がありました。実施範囲が限られているので、惑星規模まで話を広げるのは行きすぎかもしれませんが、あの大森林は、すべて地下茎で結ばれ連絡しています。地下茎が通信ケーブルとして機能している。

さすがに海洋で隔てられた島嶼《とうしょ》は違うとしても、大陸レベルではすべての植物が、草も灌木も大木も、情報共有ができている。観測された範囲で、地下茎は情報を流しています」

そして会議室内に直径一〇メートルはありそうな、惑星敷島の立体映像が現れる。映像はゆっくりと自転していた。

「アルバトロスでも観測されておりますが、情報伝達は地下茎を通してだけではなく、電波も用いられている。そしてどうやらその電波の中継は、敷島のリングが担っているようです。

植物が生育できる緯度からなら、第一リングに電波を送信できるわけです。その電波のやり取りもアルバトロスにより傍受されています。

ただ、第二リングはこの通信網とは無関係のようです。距離も遠くなりますし、第一リングで目的は果たせるからと思われます。

ただし通信内容は、地下茎の情報同様、意味は不明です」

立体映像は小さくなり、敷島と第二リングの全体像を表示する。時々、赤い点が明滅するのは電波送信を意味するらしい。地上から電波を発信する場所は比較的限られていた。

「衛星とアルバトロスの探査で、あることがわかりました。それは大陸のアルベドが常に変化していること。さらに森林からの水蒸気の蒸散もまた、電波信号のやり取りの後で増減が認められることです。

水蒸気とは知られている限り、二酸化炭素以上の温暖化効果ガスです。そしてアルベドは恒星輻射の反射量を意味しますから、惑星が吸収する熱量に影響する。

ここから導かれる結論は一つです。この惑星の大陸すべてを覆うこの大森林は、惑星環境を安定的に維持するための巨大な装置である」

真田はそこでSSX3の映像をあげた。敷島の宇宙船が衛星美和に設置した宇宙ステーションだ。真田が表示したのは透視図で、内部の複雑怪奇なパイプ群が表示されている。それは流体コンピュータであることがわかっていた。

「敷島の文明の担い手であるスキタイが設置したSSX3は、演算器である流体コンピュータが宇宙ステーションの姿勢制御も行うアクチュエータであった。

言い換えるなら、彼らにとってコンピュータとアクチュエータの間に明確な違いはない。それも操作されるはずの宇宙ステーションに、操作する側の流体コンピュータも含まれる。それもまた織り込まれて計算が行われる。

惑星敷島の大森林も同じです。惑星環境を維持する生態系ネットワークは、それ自身が生態系管理のためのコンピュータでもある。これを作り上げた知性体にとって、それが自然な発想だったのでしょう」

「それが、敷島の大森林がロボットという根拠でしょうか？　ロボットと解釈できるというのと、ロボットとして作られたのでは、意味は全く違うと思います。

ですが、博士が提示した事実だけでは、どちらの解釈も可能では？」

メリンダの質問を待っていたかのように、真田は植物サンプルの二細胞を表示する。それは実映像ではなく、ＣＧによる模式図であった。

「この二細胞システムですが、自然界には存在し得ない。現状の固定には意味があっても、このシステムから進化は起こり得ない」

「進化では誕生しないから人工的なものだというのは、理屈ではわかりますけど、エビデンスに欠けるのでは？」

メリンダはふと、それは自分の兄の物の考え方だと気づく。

「それはいまから説明いたします。この二細胞、それぞれはまったく同じなので、片方だけで説明します。

まず大きな問題。最初にご覧になられたように、植物の細胞を培養したはずなのに、どうして昆虫のような生物が誕生したのか？　草に産み付けられていた卵が孵化《ふか》したのか？　そうではない。見たままです、植物から蝶のような昆虫が生まれた。

この細胞は、我々の細胞にミトコンドリアが存在するように、独立した細胞内小器官が幾つかある。便宜的にそれらを四つの機能で分類する。〈センサー〉〈頭脳〉〈図書館〉〈工場〉です。

〈センサー〉は外界の情報から、自分は何の細胞であるかを知る。それが草の細胞であれば、草の細胞として増殖し、草という組織を維持する。

ところが何かの事情で、周辺地域で大木が足りなくなった。すると草の細胞は、大木が足りないという信号を〈頭脳〉に送る。すると〈頭脳〉は草の細胞をより増産して、大木へと成長させる。

この惑星は緯度によって草、灌木、大木の比率が一定しています。環境維持の役割がそれらで異なっているためでしょう。ともかく環境が変化したら、変化を相殺する方向で、生態系の植物の構成比が変わるようです。より詳しいことは長期的な観測が必要ですが、大枠でこの理解で間違いないでしょう」

画面は、発見された蝶のような昆虫状の生物に移る。菱形の葉っぱのような羽を四枚もった生物だ。羽の中心に胴体があり、脚は四本だ。ただ口吻《こうふん》や眼のようなものは見当たらない。

「さて、何かの事情で環境が大きく変わったとする。〈センサー〉が〈頭脳〉にそれを報せると、〈頭脳〉は〈図書館〉から、この環境変化に対応すべき最適の遺伝子情報を検索する。そして設計図となる遺伝子を作り上げる。

その遺伝子は〈工場〉に送られ、〈工場〉はその遺伝子に従い新たな細胞を作り上げる。あるいは古い細胞が作り変えられる。このプロセスははっきりわかっていません。

ともかく新しい細胞が次々と分裂を繰り返し、細胞の塊が生まれ、その段階になると、新しい組織が塊の中で形成され、植物から別の生物が誕生する。この蝶に似た動物のように」

「この細胞の塊は子宮のようなものですか？」

「まぁ、その質問にはイエスとも言えるし、ノーとも言える。私には蛹がふさわしいように思えるが、そんなのは言葉遊びみたいなものでしょう。

ここで問題となるのは、二細胞生物という特異な生命構造と大陸全体を覆う地下茎の関係です」

映像の中にいままでとはまったく場違いな図が現れた。それはブロックチェーンの構造図であった。分散したデータベースにより、データの信頼性を確保する技術だ。

「敷島の大森林は、惑星環境を維持するために、突然変異を徹底して排除する機構を組み込んだ。

細胞レベルでは二細胞システムにより、遺伝子情報の不一致を排除した。

組織レベルでは、その機構が破られて突然変異した個体が現れないように、惑星規模で植物の代謝が管理されている。惑星環境の変化に大森林は反応しますから、代謝の管理は必然です。

遺伝子情報の安定化という観点で見るならば、惑星全体を覆う大森林は、突然変異種を排除する遺伝子情報の分散データベースとも解釈できる。

つまり大森林は、生命体によるブロックチェーンシステムでもある。これにより一億年経過しても、敷島の惑星環境も大森林もいまのままです。

なぜそうまでして、突然変異を排除しようとするのか？　それは、この植物からは必要に応じて複数の生物が生み出せるからに他なりません」

「博士、いま複数とおっしゃいましたけど？」

バーキンに対して、真田は言葉を選んでいるようだった。

「問題の細胞で、もっとも大きな細胞内小器官は〈図書館〉です。ここにはかなり長いＤＮＡが収容されており、それが必要な部分だけ複写され、適切に編集され、一本のＤＮＡとなり、〈図書館〉から〈工場〉へ移動する構造になっています。

ここで興味深いのは、二細胞生物である植物より誕生したこの蝶のような生物は、普通の多細胞生物だということです。多細胞生物として代謝を行い活動する。

ですが、多細胞生物のこの蝶には生殖能力がない。環境維持のため必要に応じて作り出され、目的を達成したら死亡する。その死体はおそらく草が処理するのでしょう。この惑星の地表には落ち葉一つ、枯れ枝一本落ちていませんから」

「死体を処理する蟻か何かが作られるとか？」

「それはわかりません、司令官。死ぬときは植物が吸収しやすいように分解するのかもしれません。あるいはこの蝶こそ、死体処理のための動物かもしれない。

話が少し逸れてしまいましたが、我々はこの細胞内〈図書館〉の内部に収容されているDNAを分析しました。多くは未知の遺伝子です。どんな生物が生まれるのか、それはわかりません。しかし、我々が既知の遺伝子群もありました」

会議室は再び静まり返った。敷島由来と思われる生物で、彼らが遺伝子情報を知っている生物は三つしかいない。カエル、猿、そしてゴートだ。いずれも敷島での霊長類的存在と考えられている。

「みなさんのお考えどおりです。カエルはそもそも遺伝子情報に欠落があるので、比較対象にはできない。ゴートとは相違点が幾つもある。しかし、SSX3で制御機能を担っているあの猿の遺伝子情報は、植物細胞の〈図書館〉にすべて揃っているのです。

「つまりどういう状況か、いかなる方法かは不明ながら、猿はあの二細胞植物の中から生まれてくる、あるいは作り出されるのです。

この二細胞植物による生態系が惑星環境維持のための装置であるとすれば、猿の役割もそれに即したものでしょう」

会議室の誰もが、真田が語った仮説を咀嚼《そしやく》するのに懸命だった。惑星の全大陸を支配する二細胞植物は、自らの代謝により惑星環境を維持するように働いている。

そして環境維持に必要ならば、植物の内部で昆虫から猿まで多くの生物を生み出し、作業させ、最終的には分解して回収する。

そしてこの驚くべきシステムは、進化の結果ではなく、人工的に作り上げられたものだという。おそらくはゴートの祖先たちによるものだろう。

「敷島に文明は存在するの、しないの？」

バーキン司令官は珍しく苛立たしげに、それを真田に質《ただ》した。

「憶測を述べるのを許していただけるなら、惑星がこのような生態系となったのは、例の文明を破壊した小惑星衝突と、その後の文明復興のなかで起きた核戦争の影響でしょう。

惑星環境は致命的なまでに荒廃した。古代ゴートたちは緊急に生命が生存できる環境に戻さねばならなかった。そして彼らのバイオテクノロジーの粋を集めて、この二細胞植物を作り上げ、惑星全体に散布した。

惑星環境を生存可能とするという目的は、現在の敷島の姿を見れば成功したと言えるでしょう。

ですが、文明は復興できなかった。二細胞植物を攻撃すれば惑星には住めなくなる。しかし、その繁茂を許せば、都市を建設することさえままならない。

さらに惑星の現状を見れば、二細胞植物の拡大の結果、本来の惑星固有の生態系は海洋以外では根絶されてしまった。そう考えるならば、我々がスキタイと呼んでいた敷島文明の担い手は、情報処理装置である二細胞植物の大森林だとも言えます」

「敷島を二細胞植物に占領されたゴートは、美和に脱出するよりなかったと？」

「美和のゴート文明の起源がわからないので、それは何ともいえません。ただ敷島から美和に資源が送られているという事実は、それを示唆していると推測はできます」

だがバーキンはそれでは納得していないようだった。それはメリンダも同じだ。古代ゴート人が自分たちの作り上げた二細胞植物により惑星を追われたとして、衛星美和に隠れ住むに至る経緯の説明がつかない。

ＳＳＸ１のように、古代ゴート人は宇宙インフラを建設していた。惑星を追い出されたとしても、美和に隠れ住む理由はない。あと一つ、何かが足りない。

「美和と敷島以外の、星系内全域を調査する必要がありそうね」

バーキンの結論に異論を述べる者はいなかった。

4　粛清の兆し

「探査衛星の消失エリアに到達しました」

壱岐星系防衛軍第三九〇警備隊の旗艦、巡洋艦ドルニエの戦術ＡＩの報告を、ユーリー・デグチャノフ代将は緊張の面持ちで受けていた。

「代将、現在のところ周辺に異常なしです」

ドルニエのオリガ北村《きたむら》船務長が、戦術ＡＩに続いて報告する。

巡洋艦とはいえドルニエはユンカース型という旧式艦なので、戦闘情報処理システムも最新鋭軍艦より泥臭い。

「ＶＲ艦橋など、艦が損傷したら機能しなくなる。音声が一番確実だ」

そんな思想がまだ根強く残っている時代の軍艦なので、物理的に幹部が艦橋に集まって報告する形となる。近代化改修で戦術ＡＩだけは導入されたが、おかげでシステムのちぐはぐさが却《かえ》って目立っていた。

「船務長、小型の探査衛星を集団で破壊するとしたらどうする？」

ユーリーは任務の都合で代将となっているが、本来はドルニエの艦長だった。彼らの任務は、封鎖を突破したガイナス戦艦が建設しているらしい第二拠点の捜索にあった。

その目的のために手のひらサイズの小型探査衛星が、第三管区司令部のある準惑星禍露棲より七〇天文単位は離れた領域に展開されていた。

それが最近になって次々と破壊されたのである。ガイナスの第二拠点が近いことの証《あかし》だろうが、破壊地点が広範囲なため、未だに発見できていない。

「電磁パルス兵器が一番可能性がありますね」

オリガ船務長が言う。彼女は兵器関係のエキスパートだった。

「小型探査衛星も、量産型は基盤に素子を印刷して作りますから、宇宙線への対応も最小限度ですし、まして電磁パルスへの耐性など無いも同然です。

それ以外となるとレーザーで破壊となりますけど、衛星一つ一つを発見して、照準して、射撃するのはとてつもない手間です。それを巡洋艦クラスの戦闘艦で行うのは正気とは思えません」

「まぁ、そうだが。広範囲に衛星を破壊できる電磁パルスなら、我々に観測されないはずはないんじゃないか？」

「それはそうですけど、指向性が強い電磁パルスとか、そんな類《たぐい》じゃないでしょうか？」

「何にせよ、厄介な相手ってことだな」

ユーリー・デグチャノフ代将が指揮する第三九〇警備隊は、通常の警備艦六隻編制とは異なり、隻数こそ四隻だが、二隻は巡洋艦、二隻は駆逐艦と、すべてがＡＦＤ搭載軍艦だった。具体的には巡洋艦は旗艦ドルニエと僚艦のアラド。そして駆逐艦はウラガンとタイフンの二隻である。

第三九〇警備隊は、部隊番号を素直に解釈すると第三管区所属の九〇番目の警備隊となるが、言うまでもなく警備隊は九〇隊もない。

この九〇番台とは、臨時編制の部隊を意味する。じっさい四隻の軍艦は、本来はそれぞれの警備隊で旗艦を務めていた。これら星系防衛軍所属のＡＦＤ搭載艦を一つの部隊に再編したのが、第三九〇警備隊なのである。

ユーリー代将は、四隻の艦長の中で最先任であるため代将を務めていた。

一般的な警備隊は、警備艦六隻編制だが、全艦が集団で行動することは稀で、ほとんどが単独行動である。だから警備隊長のような職はない。

複数の警備艦が合同で動かねばならないときにも、警備艦長の中の最先任者が指揮を執ることになっていたが、特別な呼称はない。

ただ第三九〇警備隊は、四隻全てがＡＦＤ搭載軍艦という特別な編制なので、指揮官としての代将が置かれた。臨時編制なので、代将という立場も階級というより役職に近かった。

巡洋艦ドルニエとアラドのユンカース型はミカサ型巡洋艦と次期制式巡洋艦を決定する際に競争試作された軍艦である。ミカサ型より小型で武装も劣るが、安価で数が揃えやすいという利点があった。

つまりこの競争試作は軍艦の数を取るか、性能を取るかという問題であった。最終的にコンソーシアム艦隊はミカサ型を量産すると決定したが、艦隊運動試験のためユンカース型も六隻建造されていた。こちらを支持する勢力も強かったためだ。

この六隻は、周防星系防衛軍と壱岐星系防衛軍にそれぞれ三隻が売却され、今日でも警備艦として現役だった。

ミカサ型巡洋艦そのものが旧式化のためツシマ型に更新していたくらいだから、ユンカース型が旧式艦なのは否めない。

それでもユーリー代将は、今回の任務に自分のキャリアをかけていた。ＶＲのような先端システムはないが、戦術ＡＩは他の巡洋艦とほぼ同等だ。

ユーリー代将自身は、巡洋艦のＶＲシステムの類は不要とまでは言わないが、本質的なものではないと考えていた。それよりも機動力や火力こそが巡洋艦の要《かなめ》であるというのが彼の心情だ。

その点ではAFD搭載艦であるユンカース型の強みは無視できない。ガイナスもAFD技術は有していないから、戦術的には相手に対して優位に立てる。

旧式艦で新鋭艦なみの功績を挙げられたなら、それはユーリー代将の実力ゆえとなる。だからこそ、彼はガイナスが現れるのを待っていた。

「恒星風の基準値に異常なし」

それを報告したのは航行AIだった。

「変化なしか……そろそろ何かあってもいい頃だがな」

ユーリー代将には、この平穏さが納得できない。手柄がどうこうという話ではなく、すでに小型探査衛星が破壊された領域に深く侵入しているからだ。

ガイナスは任務完了でこの領域を去ったのか、それとも自分たちを罠にはめようとしているのか、その判断をつけられないことが、彼を苛立たせる。

烏丸少将により、ガイナスがセンサーに偽情報を与えることで、自分たちの姿を隠していることが明らかになった。

その対抗策が、恒星からの希薄なプラズマを流体として考え、ガイナス宇宙船により乱されるその流れを計測するというものだ。これも烏丸少将の発案であり、じっさい彼はこの方法でガイナスの巡洋艦四隻を撃破した。

その後、このシステムは星系防衛軍の協力を得て、より精度を高めた。ＡＦＤ搭載艦が星系内の複数箇所で恒星風を観測し、それをデータベースとして公開するようになったのだ。

それまでは内惑星領域担当の第一管区が恒星壱岐の恒星風を計測し、通知するだけだったものが、第二管区、第三管区領域でも計測と観測値の速報が出されるようになったのだ。

巡洋艦ドルニエがいま航行している領域だと、恒星から放たれた荷電粒子などが到達するまで二二〇日以上かかる。

言い換えれば二二〇日前の恒星風のデータがあれば、ドルニエの観測値とこの領域での予測値の違いから、センサーへの干渉が察知される。

あとは正確なデータの差分をとれば、どこから干渉しているかがわかるというわけだ。

じっさいこの方法で、星系防衛軍の警備隊により、輸送部隊を襲撃しようとした二隻のガイナス巡洋艦が撃破されたとユーリー代将も聞いている。だから方法論に問題はないはずだ。反応がないのは、存在しないということなのか？

「代将、戦術ＡＩが前方に不可解なものを発見しました。センサーへの干渉は確認されておりません」

オリガ船務長は、それが計測ミスの類ではないことを暗に伝える。

「不可解なものとはなんだ？」

「早期警戒レーダーによれば、形状不明ですが、全長二〇メートルほどの金属物体が上方二時方向を漂っています」

宇宙空間で上も下もないわけだが、作戦の都合上、旗艦のブリッジを基準として上下を便宜的に定めることが通例だった。

「全長二〇メートル……BMineか？」

「可能性はありますが、こんな場所に設置するでしょうか？　罠だとしても、レーダーにこんなに簡単に発見されるようでは意味があるとも思えません」

ユーリー代将も船務長の疑問を妥当なものと思う。ガイナス拠点を封鎖しているのが、機雷でもあるBMineだから、その存在を知っていたとしても不思議ではない。むしろ封鎖を突破した事実からすれば、その性能を知悉《ちしつ》していたとさえ考えられる。

だとすればレーダーで易々と発見されてしまうというのは、どうにも気味が悪い。

「物体の正体が、友軍の衛星か何かの可能性は？」

「その可能性はありません。この領域に投入されたのは小型探査衛星だけです」

オリガ船務長の言うとおりなら、物体はガイナスのものとなる。

それは距離二〇〇〇キロでレーダーに捕捉された。発見できた距離が少し近すぎる気もするが、相手の形状によって探知距離が変化するのはあり得ることだ。むしろこれがガイナスの手によるものだとしたら、それほど徹底したステルス処理はなされていないことになる。

「君は何だと思う、船務長？」

ユーリー代将には、さっぱりわからない。小型探査衛星の消失にこの物体が関係しているとの勘は働くが、それでは問題解決にはならない。

「何かはわかりませんが、面白くない動きをしてますね」

「面白くない動き？」

「この物体、ゆっくりとこちらに接近しているんです。我々の存在を知っているかのようにです」

消失した小型探査衛星は秒速四キロ弱で移動していた。この領域の天体の速度がそのレベルであるからだ。それに合わせていれば、衛星の動きを気取《けど》られることなく、同時に不自然な物体の動きは察知しやすい。

同様の理由で、巡洋艦ドルニエも同じくらいの速度で移動していた。その中で問題の物体はゆっくりと接近しているという。こちらの存在を知っての行動だろうが、接近してくる意図が読めない。

戦術AIも脅威度判定を下げている。接近するにつれてレーダーの精度が上がってきた。それでわかったのは全長二〇メートルの物体は一つではなく三つで、それらは密集しているか、束ねられているということだった。

三体あることがわかったのは距離一二〇〇キロまで接近してからだが、それはレーダーの精度が上がったからではなく、散開をはじめたからだ。

ただ位置関係が現在のままだと、第三九〇警備隊の四隻の真正面ではなく、五〇〇キロほど距離を隔ててすれ違うことになる。

「船務長、小型探査衛星が機能を停止した理由は、電磁パルスと言っていたな。あれが照射する武器の可能性はないか？」

ユーリー代将の結論はそれだった。ＡＭｉｎｅとしてもＢＭｉｎｅとしても運用が不合理なら、別の兵器だろう。そしてこの領域で小型探査衛星が次々と破壊されているなら、この物体が原因である可能性は無視できない。

「ＡＭｉｎｅと考えるよりは妥当だと思います」

「船務長、ドルニエは電磁パルスには耐えられたよな？」

「ユンカース型は設計は古いですけど、ガス惑星のような強電磁波天体での作戦も考慮してますから、そこに抜かりはありません。基盤に素子を印刷しただけの小型探査衛星とは違います」

「なら、あの物体は我々の脅威にはならないか」

たぶん、この物体を展開しているのはガイナス巡洋艦だろう。あれは全長三〇〇メートルと言われているから、積載方法を工夫すれば、自分たちに接近しつつある電磁パルス兵器を一〇〇近く搭載できるはずだ。そんな巡洋艦が作戦に複数参加していれば、この領域の小型探査衛星にとっては無視できない脅威となる。

しかし、あくまでも小型探査衛星に対してであり、ドルニエに対しては引っかき傷にもなるまい。

だが、オリガ船務長は慎重だった。

「現時点で、破壊された小型探査衛星の回収には成功していません。手のひらほどの衛星です。運が良ければレーダーで探知もできますが、広範囲に分散しているとなると、まず無理です。

でも、敵の武器が何であるのか、正確に把握するためには、回収を優先すべきでした」

「まぁ、いいさ。あれがAMineでも電磁パルス爆弾でも、我々を撃破はできまい」

ドルニエやアラドなら、加速中のAMineをレーザー光線砲で破壊できる。だから脅威にはならないし、加速しないAMineでは弾頭威力はほぼない。そしてあれが電磁パルス爆弾の類でも、ドルニエのシステムを破壊できない。

距離一一〇〇キロを切ったとき、三機の物体は動き出した。

「物体A、B、C、一〇Gで加速しました。本艦との最短距離まで一三〇秒」

戦術AIの報告と同時に、ブリッジ正面のスクリーンに情報が図示される。

物体は加速後に展開したらしい、放熱板のために、全幅は五〇メートルほどになっている。このため全体はずんぐりした無尾翼機のような形状をしていた。

それよりもユーリー代将には意外だったのは、その姿が赤外線で鮮明に映っていることだ。この物体は自分たちの存在を隠そうともしていない。

推進機関は核融合炉であるようだが、加速性能重視のためか、核融合で加熱された炭化水素が推進剤だった。

「代将、あれはやはりＡＭｉｎｅかもしれません！」

オリガ船務長が計算結果を表示する。

「物体の噴射プラズマの速度と加速性能から計算して、我々の脇を通過した時点で、推進剤はほぼ〇となるはずです。

宇宙船なら静止用の推進剤が必要ですが、そんな余裕はありません。この周辺で爆発するくらいしか、兵器としての使いみちがない」

ユーリー代将もオリガ船務長の意見は認めたが、何か違和感があった。何かがおかしい。

それは攻撃命令を出してから、さらに強まった。

「代将、レーザー砲の照準が定まりません！」

レーザー砲担当の兵器長が悲鳴のような声で報告する。

「船務長、データリンクは？」

「アラド、ウラガン、タイフンとのデータリンクは正常です。あの物体は自身の座標をずらした情報を送っているようです。方法は不明です」

ガイナスのステルス技術が、主としてセンサーに対する欺瞞《ぎまん》情報であることをユーリー代将は思い出していた。ガイナス巡洋艦のように存在を隠すほどの高度なものではなく、位置を一〇メートルとか二〇メートルという単位でずらすようなものだろう。

しかし、たとえずれが一ミリであったとしても、命中しないレーザー光線は何のダメージも与えられないのだ。

三機の物体が強い赤外線放射を行うのも、あるいはこの技術と関係があるのかもしれない。

物体は第三九〇警備隊に向かってきたが、真正面ではなくあくまでも側方を通過する姿勢を維持している。

運動エネルギー兵器の挙動としては、それは理解し難いものだった。真正面から破片を衝突させるのが、最大の効果が期待できる位置関係だからだ。

この時、第三九〇警備隊の四隻は、データリンクで連携したセンサーの分解能をあげるために横一列で航行していた。三機の物体も加速しながら編隊を組み始め、警備隊と向かい合うかのように横一列に並び始めた。

「本艦との相対速度差は毎秒一八キロになりました……待ってください、物体三機、機関停止しました！」

それは警備隊とすれ違う数秒前のことだった。燃料がなくなったのか、存在を隠そうとしているのか？　しかし、機関を停止しても、三機の物体は依然として強い赤外線を放っている。

ただ距離は接近しても、レーザー砲は依然として命中しない。相手が小さすぎることもあるが、接近した分だけ、物体の欺瞞技術の効果も高まっているようだ。

ユーリー代将は、烏丸式の敵艦発見の方法に欠点があることにいま気がついた。ただでさえ星間プラズマの乱れで相手を発見するのは大型艦では有効だろう。しかし、プラズマの密度が希薄な星系外縁領域で、全長二〇メートルほどの相手では、精度は急激に低下する。

それでも存在を隠すことはできないわけだが、レーザー砲による攻撃ができるほどの精度には至らないのだ。

「情報収集でしょうか？」

オリガ船務長がそう口にした時、物体は動き出した。何が起きたのか、ユーリー代将にはわからなかった。

突然、耳が痛くなり、ブリッジ内が一瞬、蒸気に覆われ、それも消えてゆく。急な減圧による水蒸気の凝結、そして船外に漏出したのである。

ダメージコントロール用ＡＩがけたたましく異常を報告し、そして船内が暗くなり、ＡＩが沈黙し、非常用電源による赤色照明に切り替わる。

それら一連の出来事が一秒、二秒の間に起きた。艦内が減圧していることしかわからないユーリー代将の意識は、そこで途絶えた。

「気がつきましたか、代将？」

ユーリー代将はオリガ船務長の声で目覚めた。自分はなぜかレスキューボールの中にいた。声は無線機からのものだった。

「気がついたとは、船務長？」

「数分間、意識を失ってらしたんです。まぁ、バイタルは正常なので大事がないのはわかりましたけど」

そんな自覚はなかったが、意識を失ったというのは本当らしい。レスキューボールの窓から、士官用宇宙服を着用して作業している人間の姿が見えた。それがオリガ船務長なのだろう。

「何があった？」

こんな質問しかできないことが情けなかったが、しかし、一番知りたいことはそれだ。

「第三九〇警備隊の艦艇四隻は全滅です」

「全滅……」

状況からそうした報告は予想していたが、じっさい耳にすると、衝撃は隠しようもない。オリガ船務長は死傷者の報告もしていたが、ユーリー代将にはもう理解できなかった。しかし彼の意識を現実に呼び戻したのもオリガの言葉だった。

「それで我々を攻撃した相手ですが、従来のカテゴリーには存在しなかった戦闘用宇宙船です。強いて言うなら戦闘機でしょうか」

「戦闘機?」

ユーリー代将のレスキューボールの小さなモニターに、赤外線で撮影されたらしい『戦闘機』の姿が見えた。もっとも必ずしも鮮明ではなく、シリンダーのような胴体の両側に放熱板が広がっているくらいのことしかわからない。

「どういう設計思想かはわかりません。小型探査衛星を排除するためのものなのか、あるいは艦隊戦で勝つための新しいカテゴリーの兵器を開発したのか。あるいはその両方か。主兵装はレーザー光線のようです。それで一メートル間隔程度で指先ほどの穴を宇宙船全体にあけるんです。

船体を切り刻むのではなく、穿孔《せんこう》のみを行う。船殻で貫通には至らない部分もあります。しかし、弱い部分は確実に貫通されている。

軍艦は無駄な空間がない。つまり多数の穴が開けば、確実に性能は低下する。それが一線を超えれば、軍艦はシステムとして機能を停止します」

ブリッジの内部は赤い非常灯だけで、コンソールにさえ光がない。

ただユーリー代将には艦を失ったという実感がない。艦隊戦で砲火を交えたならば、船体が切断され、視界の中に宇宙が見えるものと思っていた。

しかし、今の状況は違う。小さな穴が幾つも開けられた船殻は、非常灯以外は艦が破壊されたようには見えない。少しの修理で回復するように思える。

だが現実は宇宙船として、ドルニエはすべての機能を失っていた。修理さえ不可能だ。ダメージは船体だけに留まらない。戦闘機によるレーザー攻撃の当たりどころが悪かったのか、宇宙服の七割が使用不能だった。

乗員たちの希望は、第三管区から早急な救援がやって来ることだった。連絡が途絶えたなら、二四時間以内に救援は来る。それを彼らは期待していた。

しかし、救援は二四時間経過しても現れなかった。自分たちの発見に手間取ることは十分考えられたが、乗員たちの言葉の端々にユーリーは苛立ちを見ていた。

「第三管区は、敵についてどの程度まで知っていると思う？」

ユーリーは副長格のオリガ船務長とだけ、通信回線を有線でつないでいた。有線なら会話は二人にしか聞こえない。

「ドルニエが機能を失うまでは、すべての情報が第三管区に送られています。ですから、船体に無数の穴を開けられたことは知っていてもおかしくないでしょう」

「わかるのか、そんなことが？」

「第三管区はこちらの映像データも詳細に分析できます。我々にとっては一瞬の出来事を一〇〇倍の時間に引き伸ばすこともね。

船体は人間の皮膚のように痛覚はありません。でも、レーザーで穿孔されたときの衝撃波や、船内の減圧具合から、推測することは可能だと思います。

それに、普通なら宇宙船はレーザーの一刀両断で機能を失いますが、ドルニエが機能停止するまでには通常のレーザー攻撃より時間がかかっています。我々の状況を割り出すのはそれほど困難ではないと思います」

ユーリーはオリガの分析に感心したが、それだけに救援部隊が遅いことに疑念を覚えていた。分析は分析として、救援は可能なはずだ。それともガイナス戦闘機を恐れ、救援をためらっているのか？　自分たちは全滅し、救援は無駄と思われている。そんな考えさえ、ユーリーの頭をよぎる。

船務科の下士官の一人が叫ぶ。

「直りました！」

「どうした、軍曹？」

オリガの問に、軍曹はコンソールの一つを点灯させた。

「艦首カメラの一つを稼働できました。これである程度は周囲の状況がわかります」

ユーリーのレスキューボールとともにオリガが近づくと、軍曹はモニター正面席を譲る。

友軍艦船の姿を探したが、それらしいものはない。

「いま、何か光らなかったか？」

「いえ、代将、自分には何も……」

軍曹は申し訳なさそうに言う。残された電力と使える回線の関係で、コンソールのモニター一つを稼働させるのが限度という。しかもカメラはゆっくりとだが旋回しているので、何か見えたとしてもすぐに消えてしまうだろう。

ユーリーは最初、それを救援部隊と考えたが、さすがに位置がおかしすぎる。そして閃光らしきものは二度と見えなかった。


それから六時間後に、巡洋艦ニイタカが第三九〇警備隊と合流した。巡洋艦は一隻だけで、他の軍艦はない。ポール・ビッカース艦長は旗艦ドルニエの乗員たちを救出後、艦載連絡艇と必要物資を残し、一度、ＡＦＤにより第三管区司令部に帰還した。

生存者がこれほどいるとは予想しなかったため、ニイタカだけで救難にやってきたという。一隻では四隻すべての乗員を救助はできないので、増援を呼ぶために戻るのだ。幸い、戦闘機の攻撃を受けた僚艦もそれくらいの時間的余裕はあるという。

「意外に時間がかかったのはなぜです？」

ユーリー代将はビッカース艦長の応接室に招かれたが、彼が尋ねたのはそのことだった。非難するつもりではなく、純粋に理由を知りたかったのである。

「あの状況でおわかりにならなかったのは当然と思いますが、第三九〇警備隊よりさほど遠くない位置に、ガイナスの巡洋艦が待機していたんですよ。

貴隊を再攻撃するつもりだったのかどうかはわかりませんが、攻撃可能な位置だったのは確かです。警備隊から離れてはいましたが、我々の救援活動が攻撃を誘発する可能性も考え、安全な距離まで追撃し、攻撃したわけです。

幸い、巡洋艦はその一隻だけでした」

どうやら復活したカメラで見た閃光こそが、その時の巡洋艦ニイタカによる攻撃であったらしい。そこから六時間かけて戻ってきたのは、他の巡洋艦がいないことを確認するためだったという。

「失礼します」

応接室にオリガ北村中佐が現れたのは、そんな時だった。救助されたドルニエの乗員について、ユーリーに報告するためだ。むろんビッカース艦長への感謝も忘れない。

ユーリーはいまさっき聞いたビッカース艦長の話をオリガに説明した。彼女はそれを聞くと考え込んだ。

「艦長、ガイナス巡洋艦は我々よりかなり距離をおいて待機していたそうですが、速度はもしかすると、ドルニエを基準として秒速一五キロをやや下回るくらいではありませんでしたか？」

「概《おおむ》ねそのとおりだ……なぜわかった？」

ビッカース艦長は、その場にいなかったオリガがガイナス巡洋艦の速度を当てたことに驚いていた。それはユーリーも同じだ。

「戦闘機と便宜的に呼んでおりますが、観測した範囲で運動性は大型軍艦には劣ります。端的に言えば、直進しかできません。宇宙船としては非常に単純な構造と思われます。単純であるがゆえに、戦闘機の容積と速度から質量比の上限は推測できます。そうすると戦闘機が加速を停止した時点で、推進剤はほぼ尽きていたはずです。計算によれば、その時の最高速度は秒速一五キロ前後となります」

ユーリー代将は、オリガがそこまでの分析をしていたことに驚くとともに、自身の指揮官としての至らなさを痛感させられた。「巡洋艦ドルニエは船務長で持っている」という陰口をユーリー代将も知らないではなかったが、残念ながら陰口のほうが正しかった。

そんな陰口など知らないビッカース艦長は、オリガの分析に興味を引かれたようだった。

「戦闘機の速度についてはわかったが、それがどうガイナス巡洋艦と結びつく?」

「それは簡単です。

戦闘機は燃料を使い切って去っていきましたが、その時の速度が秒速一五キロです。ガイナス巡洋艦が前方で同じくらいの速度で待っていれば、戦闘機を回収し、燃料を補給して再利用可能です。ガイナスもそれくらいの計算は可能でしょう」

「君の仮説だと、巡洋艦が多数の戦闘機を輸送し、戦闘機がその領域の探査衛星を無効化する。作業が終わった戦闘機を巡洋艦が回収し、次の領域に移る。そうであるなら探査衛星が消失した時系列データを精査すれば、ガイナスの戦闘機と巡洋艦の活動状況も割り出せるわけか」

ビッカース艦長は、襟元に何かささやく。おそらく個人的な音声メモをつぶやいているのだろう。襟元にマイクはないが、船内カメラが彼の唇を読んで内容を記録するわけだ。

「一つ懸念があります」

オリガがそう言ったとき、ビッカースはユーリーよりも強く反応した。

「オリガ中佐だったね、何を懸念するのだ？」

「戦闘機三機が軍艦四隻を撃沈してしまったという事実です。いままで艦隊戦では負け続けてきたガイナスが、戦闘機の投入で艦隊戦の力関係を逆転した。

その解釈が妥当かどうかはともかく、ガイナスからは、そう見えるかもしれません」

ユーリーもオリガもニイタカのVRシステムには参加していなかったが、それでも艦内の空気がいまの一言で変わったのはわかった。

かつてガイナスは三〇〇隻近いガイナス艦を投入して、壱岐と禍露棲を直接攻撃しようとした。このことを考えるなら、ガイナスがより単純な戦闘機を一〇〇〇、二〇〇〇の単位で投入してきても不思議ではない。

むしろこの状況で戦闘機を量産しなかったとすれば、そのほうが不思議なくらいだ。

ただ、ガイナスが戦闘機の大量投入という戦術で臨んできた場合、コンソーシアム艦隊はこうした戦闘についてはほとんど研究していない。

コンソーシアム艦隊が研究を重ねてきたのは、巡洋艦、駆逐艦を中心とした艦隊戦や交通破壊戦ばかりだ。小型宇宙船は兵器としては制約が多く、正規軍艦の敵ではないというのが士官学校のテーゼでもあった。

むろん使い捨ての小型宇宙船による戦術研究がないわけではないが、それらはＡＭｉｎｅの戦術研究の余技程度の扱いだ。今回の戦闘機のような存在について、対抗する戦術も武器も準備はできていないのだ。

「緊急に対策を立てねばならんな」

＊

ガイナスの戦闘機により第三九〇警備隊の軍艦四隻が全滅したという報告は、巡洋艦ニイタカが乗員救助にあたったその日のうちに、伝令艦より重巡洋艦クラマの烏丸三樹夫司令官のもとに伝えられた。

烏丸は禍露棲の第三管区司令部よりクラマに戻り、ガイナスの五賢帝との交渉プロジェクトを指揮していた。だからこそガイナス側の攻撃について第一報が送られたのだ。

三条新伍先任参謀もその報告を知る立場にあったが、彼はその内容に強い不安を覚えた。

理由は、ここしばらく五賢帝とのやりとりが円滑ではないためだ。それは、意思の疎通がうまくいかないという意味ではなかった。

確かにやりとりに神経を使うのは相変わらずだが、五賢帝のロジックも段々と明確になっていた。この点で五賢帝は嘘がつけないという条件は、意思の疎通では大きな力でもあった。

問題は、五賢帝からの返答に時間がかかるようになっていたことだ。それまでなら短いときには三〇分以内に返答があったものが、最近では二四時間かかって返事が来ないことも珍しくない。

しかも、その返答も今までと比較すると、内容がないというか、情報の乏しいものだった。五賢帝が人類との交渉に、以前ほどの情熱を持っていないように三条には見えた。

それは、巡洋艦による輸送船の攻撃以降、感じられたことだった。彼らは自分たちの軍事力を再建できたか、再建の目処《めど》が立ったことで、人類との話し合いを軽視しているのか？

そんな疑念を持っているところに、この戦闘機の話である。報告にはビッカース艦長とオリガ中佐の連名による、戦闘機が対艦兵器としても有用という認識をガイナスがもった可能性も指摘されていた。

三条としてはどうにも落ち着かない話である。だが、烏丸司令官にはさほど動揺が見られない。もともと冷静な御仁ではあるが、それでももっと反応してもいいじゃないかと先任参謀は思うのだ。

「これは深刻な問題かもしれませんな、司令官」

三条はそう話を振ってみるが、烏丸には伝わらない。

「何が深刻なのかな、三条殿？」

「この戦闘機です。三機の戦闘機が、軍艦四隻を撃破したというのは大問題では？」

「初陣《ういじん》では、仕方あるまい。懸念には及ばん」

烏丸司令官は涼しげにそう言い放つ。が、三条があまりにもあっけに取られているためか、少しばかり補足した。

「まず客観的に見て、夷狄《いてき》の戦闘機の性能は低い。核融合炉を用いながら、速度は秒速で一五キロ程度しか出ておらぬ。質量比を大きくすれば化学燃料でも出せる数値ぞ。それに運動性能も褒められたものではない。事実上、直進しかできぬ。これは報告にあるように小型探査衛星を破壊するためと、母艦で回収する都合によるのだろう。速力よりレーザー光線へ、よりエネルギーを配分した結果よ」

それでも三条に伝わらないため、烏丸は続ける。

「忘れてはならぬのは、ニイタカが戦闘機の母艦らしい夷狄の巡洋艦を撃破できているということじゃ。宇宙船の性能では、より高性能な巡洋艦ぞ。

三九〇警備隊の悲劇とは、誰も戦闘機と戦ったことがない、その悲劇じゃ。だからセンサーも照準器も戦闘機に対応しておらず、遅れをとる結果となったのじゃ。

いままでの夷狄との戦闘でわかるのはじゃ、なるほど彼奴《きやつ》らは我々との戦闘経験で自分たちの戦術は改良してきた。ところが、我々がそうした事態に対応できることが理解できぬのじゃ。つまり、夷狄は我々の思考経路を予測する能力に欠けておるのじゃよ」

五賢帝と言葉のやり取りができるから、相手も人間のように三条は考えていたが、烏丸はそこを見誤ることはなかったわけだ。

「わかったようじゃの、三条殿。

夷狄がもしも戦闘機を戦力の中核につけたなら、そこに我らの攻めどころがある。単純な話じゃ」

烏丸司令官にとっては戦闘機問題はさほど重要ではないのか。三条はそう思ったが、烏丸は別の視点で問題を見ていた。

「さて、五賢帝にこの件を質《ただ》さねばならぬな」

「なぜ攻撃を仕掛けたか、ですか？」

「ではない」

烏丸は否定する。

「まずは小型探査衛星の破壊を知っておるか？　そしてユンカース型巡洋艦への攻撃も知っているか。そしてニイタカによって夷狄の巡洋艦が破壊されたことを知っているか。時系列を追って順番にじゃ」

作業はすぐに行われた。小型衛星の画像も提示して、それを破壊したかどうかを尋ねたのだ。マルクスは、最近としては比較的短い六時間後に返答を寄越した。

「知っている」

誰が知っているのかさえ、明らかにしない短い返答だった。続いてユンカース型巡洋艦への攻撃を質す。その返答は二四時間以上かかった。

「知らず」

今回も短かった。これまでの最短記録である。さらに戦闘機母艦と思われるガイナス巡洋艦の破壊についても質す。

この質問への返答もやはり二四時間以上かかった。ただし返答は短い。

「知らず」

それだけだった。三条にはどう解釈すべきかわからなかったが、烏丸は着実に手応えを感じているらしい。

「されば、最後の質問じゃな。戦闘機の存在を知っておるかどうか、そこじゃ」

三条もこのプロジェクトに関わってから、烏丸の思考の一端がわかってきた。

じつは五賢帝との意思の疎通が低調になってきたのは、ガイナス兵の情報処理機能だけを特化させたガイナスニューロンという存在について、質したときからだった。

それは、重巡洋艦クラマが撃破したガイナス巡洋艦を調査する過程で発見された。だが五賢帝はガイナスニューロンの存在を知らなかった。もしかしたら集合知性を構成する基礎的な存在であるかもしれないのに。

そしてガイナスニューロンの存在を伝えてから、五賢帝からの反応は以前とは違ってきていたのだ。

「五賢帝は戦闘機の存在も知らないと？」

「おそらくな。拠点の封鎖を破ったとき、五賢帝は巡洋艦の存在を知っておった。巡洋艦による交通破壊戦についても理解し、嘘がつけない集合知性故に、五賢帝の中に発案者と黙認者がいて、両者の思惑が違っていることまでわかった。

ところがじゃ、夷狄の第二拠点が活動を活発化させてから、五賢帝の反応は違ってきた。小型探査衛星群により第二拠点を割りだそうという我々の活動を、夷狄も知っていた。当然、それを阻止しようと彼奴らは試みてきた。そこまでは五賢帝も知っていた」

「だが、今回の事例は知らない？」

「それを確かめるのでござるよ」

戦闘機の画像については、ドルニエとアラドが送信してきたデータから再構築された。コウモリの羽のような放熱板をもった、シリンダー状の船体の宇宙船だ。

そして今回も二四時間以上経過して、「知らず」という返答だけが届く。

だが烏丸司令官が観察していたのは、それだけではなかった。拠点からの電波信号の傍受である。封鎖中の拠点と何処かにある第二拠点の間で通信が行われているのは、すでに確認されていた。

通信フォーマットはわかっていないが、通信量については統計的な解析が行われていた。

そして、その結果は興味深いものだった。封鎖を突破した時からガイナスによる交通破壊戦がはじまるまでは、拠点と第二拠点は頻繁に通信を交わしているのが確認された。

だが交通破壊戦の途中から、拠点からの通信量は以前より増えているのに対して、第二拠点からの通信頻度は減少に転じる。さらに烏丸がガイナスニューロンについて問いただす頃から、第二拠点からの返信は数分の一に激減していた。

そして第三九〇警備隊襲撃に関する質問を烏丸がしてからは、拠点からの送信もごく僅かになるばかりか、第二拠点からの返信はついに途絶えてしまう。

「科学者としては興味深い反応ではあるが、軍人としてみれば、憂慮すべき反応というべきでござろうな」

そう言いつつも、烏丸がさほど憂慮しているようには三条には見えなかった。

「何が憂慮すべきなのですか？」

「おそらく、五賢帝はガイナスの意思決定者ではないのじゃ。これ以上は、マルクスとの交渉で得るものはない」

あまりにも自然に言うものだから、三条も最初は言葉の意味を取りそこねた。しかし、どう考えてもそれは重要な話ではないか。

「それは、五賢帝が支配者の地位を追われたということですか？　しかし、何によって？」

それに対する烏丸の返答は、まったく予想外のものだった。

「五賢帝は支配者などではない。支配者だったことがあったとしても、ごく短期間じゃ」

「よくわかりませんが司令官、なら五賢帝とはなんです？」

「五賢帝とは看板じゃ、いや、インターフェイスのほうが適切か」

いつもながら三条には、烏丸の発想がわからない。最近は烏丸もわかってきたらしく、少しは説明してくれる。

「我々は自意識を待った存在でござる。それ故に、意識を持った存在を自分たちと類似の存在と無条件で考えてしまう。それが集合知性であったとしてもな。

夷狄は艦隊を作り上げ、小惑星要塞を建設し、準惑星天涯の都市建設にも着手した。それだけの知性体であったが、人類との意思の疎通はまったく行ってこなかった。

我々はその理由として、ガイナス兵が三〇万の個体数を持たねば、集合知性を構成できないが故だと解釈してきた」

「そうではないと？」

「三条殿が言うところの獣知性でも意思決定はできた。じじつ集合知性がなくとも天涯の地下都市は建設できた。つまり土地建設を行うだけならば、集合知性は不要だということじゃ」

「ですがガイナスは、集合知性を実現するために地下都市を建設したはずです。地下都市の情報インフラは、集合知性の存在と不可分なものでした」

三条の言葉に、烏丸は鷹揚《おうよう》な仕草で違う違うと手を振った。

「それこそが我らの大きな過ちぞ。集合知性と地下都市のインフラが不可分なものとして、さて、それは集合知性が目的であったことの証拠になろうや？」

「違うのでしょうか？」

「三条殿、思い出されよ。夷狄が我々に意思の疎通を求めてきた状況を」

烏丸がそこで言葉を切ったので、三条はいままでの流れをまとめた。

「まず我々が最初に集合知性によると思われる反応を認めたのは、天涯におけるＰＺ４９００３７Ｇという、遭難した警備艦の識別コードを受信したときに遡ります。

その後、天涯地下都市での戦闘となりますが、その戦術はいままでとは全く異なる組織的なものでした。そして戦闘が不利とわかると、戦っていたガイナス兵は歌い出し、武装放棄を行った。

さらにガイナスは大艦隊により壱岐を直接攻撃しようとしました。だが方面艦隊からの反撃により戦力の大半を失って逃亡、拠点の在り処を発見され、やがて封鎖、そして五賢帝が現れ今日に至る。概要はこんなものでしょう」

「左様、大きな流れはその通りじゃ。だが、ここで考えねばならぬ。集合知性は地下都市、艦隊、拠点と、三つの異なる……そうよな、器に収まっていた。

地下都市は軍事力では劣勢にあった。ここではじめて夷狄は人類に信号を送ってきた。さらに戦闘が開始されると、都市の占領は確実になり、ここで夷狄は歌を歌うという行動に出た。

ただ、ここで見えるのは、夷狄が人類とのコミュニケーションを多少なりとも成立させようとした意思でござる。いままで一切の呼びかけに応じなかった存在であることを考えれば、劇的な変化と言ってもよかろう。

ところがじゃ、艦隊を器としていた集合知性は、人類とのコミュニケーションを何一つ行っていない。

そして拠点を封鎖しているいま、五賢帝が現れたわけじゃ」

三条は烏丸が何を言わんとしているか、見えてきた。

「ガイナスは自分の身が危険にさらされないと、人類とコミュニケーションの必要性を認めない。だから艦隊戦力で優勢と判断したときには、まったくコミュニケーションをとらなかった。そういうことでしょうか？」

「三条殿の解釈でも間違いとは言えぬ。

ただ、より正確に言うならば、そもそも夷狄は人類との意思疎通の必要性を感じておらなんだ。地下都市を建設するだけなら集合知性など不要でござる。ところがじゃ、人類と接触した結果、これを何とかしなければ、天涯の開発が進まないことがわかってきた。

そこで夷狄が追求したのが人類の物理的排除でござる。大艦隊を建設し、壱岐を破壊しようとしたのもそのためじゃ。

ところがそれは失敗に終わった。あまつさえ大艦隊も壊滅してしまった。夷狄にとって人類の物理的排除は手段として不可能になった。

それでも、夷狄が幾つも用意した小惑星鉱山が人類に発見されず、天涯より輸送した資源がそこに運ばれたのであれば、夷狄は再度、物理的排除を試みただろうよ。

しかし、小惑星鉱山は発見され、占領され、拠点そのものが封鎖されて、外部との交通を遮断された。

夷狄はここで、人類とのコミュニケーションをとることで事態を打開するという意思決定を行った。

忘れてはならぬのは、この意思決定は獣知性が行い、その後で集合知性が誕生したということじゃ」

「司令官、それでは地下都市や壱岐を攻撃した艦隊は、集合知性ではないということですか？」

三条はわからなくなった。

「そもそも我々が考えているような集合知性など存在してはおらんのじゃよ、三条殿。夷狄は徹頭徹尾、獣知性でしかない。ただ情報処理装置としての兵士の数が増えれば、相応に賢くなる。

ここで重要なことがある。覚えておいでかな、歌も武装放棄も地下都市で一斉にではなく、同心円状に順番に広がったという事実じゃ」

このへんの論理展開となると三条にもついて行けない。でも烏丸は続ける。

「つまり集合知性は、個別の肉体を直接制御できぬということじゃ。肉体から離れた情報処理機構である集合知性と、肉体に直接関わる獣知性の二つからなる。ただし、それらを上下関係で解釈するのはおそらく間違いじゃろう」

「なぜ間違いなのでしょうか？」

「集合知性とは、獣知性が生存のため、人類との交渉用に作り上げたインターフェイスに過ぎぬからだ。ただし一つの集合知性を構築するのに、三〇万を超える肉体が必要になる。だがそれは集合知性という人類とのインターフェイスに必要なだけで、本質は獣知性に他ならぬ。大規模な獣知性は、集合知性というアプリケーションも稼働できる。それだけのこと」

三条にとって、その話はにわかには受け入れがたいものだった。理屈はどうあれ烏丸の話は、自分たちが五賢帝と行ってきた交渉が無駄だったと言っているようなものだからだ。

「とはいえ三条殿、我らは無駄なことをしてきたわけではござらぬ。もしも、そう考えたとしたならば、それは間違いじゃ」

三条は自分の考えが見透かされていたことと同時に、烏丸の言葉そのものに混乱した。

「あの、それはどういうことでしょうか？」

三条はそう口にするのが精一杯だった。

「忘れてはならぬことが一つある。それは夷狄とて、最初は我々同様、個体が独立した知性体であったということじゃ。それが個々の肉体の知性ではなく、それらを一つの素子として扱い、その集合体の上に一つの知性体を構築するという選択をなした。

なぜそうしたのかという理由はわからぬ。一つ考えられるとしたら、不死の追求やもしれぬ。個体には寿命があっても集合体にはない。

文明の崩壊を目にしたであろう種族が、こうした形で不死を実現しようとしても、それはそれでありえることよ」

「あの、司令官。先ほどの話だと集合知性は、獣知性が生存のため、人類とのコミュニケーション用に生み出されたということでした。だとするとガイナスの不死の追求は、集合知性というか自意識を目的にはしていないのですか？」

烏丸は微笑むと、三条の手を取る。それが教え子の回答に満足した時の彼の態度だ。生憎《あいにく》と三条は学生時代にはこんな真似はされなかったけど。

「素晴らしい目の付け処よ。そもそも夷狄に知性はあっても、自意識があったのかはわからぬ。

むしろ集団の上に知性体を構築するという発想は、自意識を持つ知性体からは生まれまい。自意識がないからこそ受け入れられる発想ではないかの。

人類のクローンを機械のごとく量産する夷狄のやり方は、我々には非人道的に思えるが、彼奴らには当たり前のことなのだろうよ」

そういうものなのだろうか、三条には正直わからない。自意識のない知性体ゆえに肉体をクラスター化して、一つの人工的な知性体を作り上げられる。そこに生まれた獣知性には、人工的に作られたことによる違和感はないのかもしれない。

「それで五賢帝のことよな」

「はい」

「夷狄にとっても、自意識を封印した集団の上に、獣知性のような知性体を作り上げるのは、はじめての技術であった。ところが彼奴らは、人類という自意識を持つ知性体と接触したために、それに対応する自意識を持った集合知性を作り出さねばならなかった。

ところが予想外のことが起こる。数十万の素子から成り立つ集団の意思決定を行う回路に集合知性が深く関与してきたのじゃ。単なる人類とのインターフェイスだったものが、集団全体の意思決定も行おうとした」

烏丸は地下都市の一部らしいものを視界の中に表示する。それは三条の記憶どおりなら、準惑星天涯で発見されたガイナス兵同士が戦ったセントラリアの地下施設だ。

「この戦闘は、いままで地下都市を管理していたガイナスの集合知性は二つあり、それらの意見対立により武力紛争となったと解釈されていた。

だが、集合知性が獣知性のアプリケーションであるならば、武力衝突が起こるというのは不自然じゃろう。じっさいに兵を動かす獣知性にとっては同士討ちにメリットはない。

だがこの闘争が、無意識である獣知性と自意識をもつ集合知性の闘争とすればどうか？獣知性のプログラムの中に、セントラリアに都市を建設するというのはなかっただろう。順番として不自然だからの。だが集合知性は、そこに都市を建設するという欲求を持ったのじゃ。そして推測だが、降下猟兵との戦闘がきっかけで誕生した最初の集合知性は、システムとして五賢帝ほどには完成されていなかった。だからある程度は直接兵士を操作することが可能だった。

未完成の集合知性はセントラリアに地下都市を建設しようとし、獣知性はその自意識の暴走を物理的に阻止しようとした。そして獣知性が勝利した」

映像は、壱岐を攻撃しようとする集合知性の艦隊へと変わる。

「我々の知る範囲で集合知性は三種類あった。先の地下都市、そして壱岐を攻撃しようとした艦隊、そして五賢帝じゃ。

さっきも言ったように、非常に稚拙で不完全であったが、地下都市の集合知性は我々とのコミュニケーションを模索した。五賢帝は言うまでもない。だが、この艦隊だけは一切、人類とコミュニケーションを取ろうとしなかった。

獣知性は地下都市の集合知性と戦闘した経験から、艦隊を管理する集合知性は、自意識を抑制したシステムに組み替えた。だが、その結果として本能の影響が強くなり、恐怖に支配され攻撃は失敗した。

三度目の正直が五賢帝であった。おそらく獣知性には、人類とのコミュニケーションに特化しながら、意思決定に干渉してこない最適解だったのじゃろう」

三条はそこでようやく得心がいった。いままで五賢帝とは単語の意味をすり合わせるレベルの交渉から始め、こちらの疑問に五賢帝が返答する形が続いていた。

その過程で烏丸司令官は、人類がガイナスに一方的に何かを保証するような言質《げんち》を与えないように交渉を続けていた。

だがそれは、ガイナス側にも何かを約束させられないことを意味していた。

現在は言語レベルの相互理解の段階で、意思決定者との交渉を行う段階ではない。それが烏丸や危機管理委員会の立場であった。

五賢帝はガイナス全体に対して何かを強いるという形での約束、つまり意思決定を一つも行っていなかったことにも疑問は感じなかったのである。

だがここにきて五賢帝には最初から、ガイナス全体の意思決定をする機能がないことが明らかになってしまったのだ。

「拠点の封鎖が破られる前、獣知性にとって人類との融和は生存戦略として正しく、だからこそ五賢帝も有意な情報を提供した。

封鎖突破直後しばらくは、それが成功するか不明であり、五賢帝という人類とのコミュニケーションチャンネルは存在価値があった。

しかし、いま五賢帝は戦闘機の存在すら知らされていない。つまり夷狄にとって人類との融和は手間をかける価値もなくなった。だから第二拠点の獣知性が何をしているのかを知らぬのだ」

「それは第二拠点が完成したということでしょうか？」

それに対して烏丸は言う。

「少なくとも武力で我らを下せるという判断をしたはずじゃ」

そして彼は続ける。

「第二拠点こそが夷狄の本拠となったなら、五賢帝もこの拠点も、彼奴らにはもう用済みかもしれぬ」

5　封鎖解除

危機管理委員会のタオ迫水議長が烏丸三樹夫司令官と会見を持ったのは、宇宙要塞に寄港した重巡洋艦クラマの応接室であった。二人の他には三条新伍先任参謀がいるだけだ。

壱岐星系政府の筆頭執政官でもあるタオと、戦隊司令官で少将の烏丸では、官階的には大きな差がある。

それでもタオが対等な立場で出向いてきたのは、ガイナスとの交渉における烏丸の実績ゆえである。また壱岐星系防衛軍の高官の多くが、かつて出雲の士官大学校で烏丸に教えを乞うたという事実もまた無視できない。

ことガイナス問題に関しては、コンソーシアム艦隊司令長官の左《さ》近健一《こんけんいち》大将よりも、烏丸三樹夫少将のほうが遥かに重要だというのが、危機管理委員会の共通認識だった。

その烏丸司令官より、タオは信じがたい提案を受けていた。

「ガイナス拠点の封鎖を解除するのですか？」

烏丸は鷹揚《おうよう》に頷く。

「奈落《ならく》、上手《かみて》、下手《しもて》、三つの拠点はすべて撤去となりましょう。ただしＢＭｉｎｅによる機雷原は残し、監視の宇宙船も待機させるがよろしかろう」

「丸裸になりますな」

タオはどうも落ち着かない。五賢帝が交渉役になり得ないという烏丸の報告は、タオを驚愕させた。だからこうしてやってきた。烏丸が言っているのは、ガイナスとは交渉手段がないというのと同じだからだ。

外交的な解決策がない。それが意味するのは武力による解決しかないということだ。少なくとも力の均衡を維持し続けることが必要になる。

だがタオの不安の本質はそこにはない。危機管理委員会内部にある「絶滅論」が、それなりの支持を拡大する可能性が無視できないことだ。

ガイナスを絶滅させる。それも人類の存続を口実にしながら、その本音は防衛コストの削減だ。ガイナスが絶滅すれば、軍事費負担は減る。

しかし、絶滅論は倫理的な問題はもちろんだが、軍事的にもじつはリスクが高い。完全に成功しない限り、こんどはガイナス側が種の存続のために人類絶滅を目的としかねないからだ。

そんな状態になったなら、目先の軍事費削減など吹き飛んでしまうだろう。どちらかが絶滅するまで終わりはないのだ。

コストという話をするならば、話し合いが一番低コストなのだ。

しかし、五賢帝がすでにガイナスの意思決定に寄与しない存在となったいま、交渉相手をどうするか、そこから話を始めねばならないのだ。

だが、それを誰よりも理解しているはずの烏丸司令官は、さほど不安げな様子を見せない。それどころかガイナス拠点の封鎖を解くべきと提案しているのだ。

「私は危機管理委員会の議長だが、軍事には素人だ。だがガイナスの拠点封鎖を解けば、外部との交通が再開するのではないか？　それとも第二拠点を割り出すための罠なのかね？」

タオが思いつくのはそれくらいだ。

「現下の状況で我らがなすべきは何か？　それは第二拠点の夷狄《いてき》に対して、我々が如何にしてその意思決定に介入するかを明らかにすることじゃろう。誤解を恐れずに言うならば、交渉手段を確保することじゃ」

「できるんですか、先生！」

タオは思わずそう叫ぶ。どんな形であれ、ガイナスと交渉するチャンネルさえ開くことができるなら、絶滅戦争のような最悪の選択は回避できる。

「具体的にどうすればという質問であるならば、それは身共《みども》にもわからぬ。しかし、相手が集団として一つの意思決定ができる知性体であるならば、我々の働きかけで相手の意思に介入することはできる。

そうした観点で考えるなら、五賢帝こそ、この仮説の証拠。夷狄は自分たちが圧倒的に不利であることを理解したとき、五賢帝というインターフェイスを作り上げた。夷狄相手に愛だの倫理だのといった情を期待するのは間違いであろう。されど、夷狄が徹頭徹尾、打算と利害で動くのは信じることができる。

ならば、むしろ意思決定への介入は容易とも言えようぞ。我らは損得の多寡だけを計算すれば良い」

タオがそこで思ったのは、腹心となったかつての政敵のことだった。政争の中で彼は敗れ、タオの軍門に降《くだ》った。それはタオに協力することが、自分の理念を実現する唯一の手段と彼が納得したためでもあった。

しかし、それは唯一の例外だ。タオの取り巻きは揃いも揃って私利私欲に走る連中だった。その多くは部下であるが、それはタオの下で、雫《しずく》のように滴り落ちる権力の分け前を狙ってのことだ。

人間的には全く信用できない連中だ。だが連中がエゴに忠実なことだけは、確信できている。だからこそタオは軽蔑しながら、そんな部下たちを使いこなしている。

烏丸が言っていることは、相手が異星人のガイナスであるとはいえ、タオの恩恵に与《あずか》ろうとする卑しい連中と大差ない。理不尽とは思いつつも、タオはガイナスに初めて侮蔑の念が芽生えた。

「結局、ガイナスといえども欲得で動く、卑しい連中というわけですか」

だが烏丸は厳しい表情で否定する。

「議長、夷狄を過度に擬人化なさるのは間違いのもと。夷狄は機械でござる。そう、改造した人類を部品とした情報処理装置、それが彼奴《きやつ》らの正体じゃ。高貴でもなければ、卑しくもござらぬ。称賛も侮蔑も筋違い」

「議長としたことが、これはしたり」

タオはなぜか烏丸の言葉にほっとした。しかし、肝心の疑問には答えてもらっていないことにも気がついた。タオがそれを指摘する前に烏丸は答える。

「それで、なぜ封鎖を解くのか？　それは夷狄の構造を探るため。夷狄が拠点に対して何を為すのか？　それで我らが為すべきことも見えてくる。そう、我らが何を相手とすべきなのか、それじゃ」

＊

一木《いちき》魅猫《みねこ》奈落基地司令官には、封鎖解除の命令は青天の霹靂《へきれき》だった。命令は事前の打診さえなく、突然に危機管理委員会名で送られてきた。

上手基地、下手基地はシステムを完全に破壊後、常駐する四隻の警備艦に基地職員が移乗して撤退。破壊後の基地はそのまま放置し、資材の回収は行わない。

この二つの基地は、全長二キロの主桁《しゅげた》に居住区や倉庫などのモジュールが接続するという魚の骨のような構造であるため、基地機能の完全破壊は容易だった。基地のAIを消去し、モジュールなどは警備艦のレーザー砲で切断すれば命令は履行できる。

それに対して、奈落基地の破壊は容易ではない。要塞とも言われるこの基地は軍艦の造修施設まで併設しているだけに、施設破壊による損失も馬鹿にならないからだ。

このため奈落基地はガイナス拠点から移動しつつ、順次基地施設を解体し、再利用できるものは輸送艦で移動させることとなった。

こうして奈落基地は当面は原型を留めながら、ガイナス拠点から移動してゆく。向かうのは第三管区司令部のある禍露棲ではなく、準惑星天涯だ。

ただ、これもガイナスに対する軽い牽制でしかない。増設や改築を繰り返したために高加速に耐えられない奈落基地では、天涯の軌道に入るまで何十年もかかってしまう。解体自体は数ヶ月で完了させる予定であった。

一木司令官は、ガイナス拠点を監視するための衛星なども設置するよう命じられていたが、それでも最初はこの命令を、ガイナスをおびき寄せるための罠の類《たぐい》かと思っていた。

敵にダメージを与える作戦としては、あまり上策とは思えないが、他に理由も思い浮かばない。

ＢＭｉｎｅこそ設置したままだが、これとて周辺基地の探知データが共有できないとなれば、その性能は著しく低下する。それでも近傍に軍艦がいれば話も違ってくるが、第二一戦隊の戦闘艦はすべて撤収し、重巡洋艦クラマの姿さえないとなれば、ＢＭｉｎｅの戦果はほぼ期待できない。せいぜい航路選択に制約を課すことができるだけだ。

上手基地と下手基地の警備艦はすべて奈落基地に収容することになっていたが、それだってなんだかんだで一週間はかかるだろう。

警備艦の移動は乗員の移動でもあるため、組織的な戦闘ができる状況ではない。相手の出方次第では各個撃破の危険もあった。

こうしたことを考えると、封鎖解除は敵を誘い出して返り討ちにするような作戦でもない。一応、第二一戦隊は必要があればすぐに出撃できるとは言われていたが。

「司令官、方面艦隊司令部からの命令です」

先任参謀の川口《かわぐち》清水《しみず》中佐が、その命令文を報告する。一木司令官が自分のエージェントに認証を行わせると、暗号化された命令が復元される。

命令書の暗号形式によっては司令官しか閲覧できないものもあるが、今回は先任参謀にも閲覧の権利が付与されているらしい。

じっさい命令としてはさほど重要ではない。拠点周辺の動向を監視せよというもので、それくらいは命令されなくてもやっている。

「監視体制は強化できる？」

一木が質問する前に川口はすでにその検討に入っていた。頼りなく思うこともないではないが、一木から見て先任参謀は能吏であった。ただ軍人よりも、もっと別の分野のほうが向いているのではないかと思うこともある。

今回もそうだった。川口は短時間で見事な計画をまとめる。

「施設解体でかなりセンサーや探査装置が余剰となりますから、それを組み替えれば監視能力は維持できます。作業自体は、上手と下手の残骸に監視モジュールを設置するだけの単純なものです」

「時間はどれくらい必要？」

川口はざっくりとした見積もりを立てた。

「モジュールの準備に一日、ＡＦＤ搭載のＣ３型輸送船は一隻まだ残ってますから、それで作業を進めるのに一日で、二日あれば準備完了だと思います」

「ありがとう。それで段取り進めて」

「了解です！」

監視システムの再構築と、施設の解体と移動。これらは車の両輪のようなもので、ある程度の加速でガイナス拠点から離れようとすれば、奈落基地の構造を再構築して、加速に耐えられるようにする必要があった。

奈落基地が移動したことで、ガイナスにも拠点封鎖が解除されたことがはっきりとわかるはずだった。

一木にとってわからないのは烏丸の考えだ。封鎖解除はガイナスにとって大きな事件であるはずで、何らかの問いかけが行われると思うのだが、重巡クラマはすでに撤退した後だ。

もちろん拠点から姿を消しただけで、クラマ自体は比較的近い領域にいると思われたが、交渉するのに都合の良い場所とは思えない。

なので現状、情報収集の最前線は奈落基地だった。さらに一木司令官に理解し難いのは、あると思っていた五賢帝からの問いかけがまるでないことだった。

ただ拠点からどこかにむけての通信電波は確認されていたが、それも発信されるだけで返信はほぼない。もちろん人類に向けられたものではなく、ガイナス独自の通信フォーマットであった。

拠点に対してどこからも返信がないことについては、一木も予想はついた。返信があるとしたら第二拠点からだが、人類が血眼《ちまなこ》になって探していることは彼らもわかっているはず。ならば不用意に返信などするはずはない。

事態が動き出したのは、ガイナス拠点の封鎖を解除してから一〇日ほど経過したときだった。

それは、上手基地と下手基地の残骸の上に設置した監視モジュールからの報告だった。

「宇宙船が接近中、現在の運動を続けた場合、ガイナス拠点への到着は二日後」

ガイナス拠点に向かって宇宙船がやってくる。烏丸司令官からは重点的に監視するよう「要請」があった。烏丸も一木も階級は同じで指揮系統は異なるから、命令ではなく要請となる。

二日後に到着するという分析は重要だった。ガイナス拠点の封鎖解除が一〇日前、それからさらに二日ということは、宇宙船は封鎖解除の一二日後に到着することになる。

そして第二拠点の場所について、ここより概《おおむ》ね四〇天文単位離れていると推測されていたから、封鎖解除の報せを受けてやってきたとすれば、宇宙船の航行状況と計算も合う。

烏丸が近くにいるというのは、このことを報告して一〇分としないうちに返答がきたことでもわかった。

その返答も要請だったが、奈落基地が攻撃されない限りは、宇宙船を攻撃せず観察に徹しろというものだった。

一応、基地を守るためだけなら十分な戦力はある。警備艦部隊も待機しているし、解体中とはいえ、基地には固有の防御火器も装備されている。

偵察に警備艦を出すことも考えたが、相手の正体が不明なまま派遣するのは撃破される可能性が高い。それにガイナスの情報収集が主たる任務なら、下手に刺激するのはまずいだろう。

接近するにつれて宇宙船の形状がわかってきた。遠距離から観察する限りでは、ガイナスの巡洋艦に似ていた。しかし、最大の特徴は船殻がないことだ。

ほぼむき出しの核融合炉機関と、センサーや航行装置を集めた小さな艦首があり、その間を一本の桁でつないでいる。単純に言えば魚の骨のような宇宙船だ。

宇宙船の構造を担うのは主桁だけで、そこから左右に伸びている桁は、物資を固定するためのものと思われた。巡洋艦に見えたのは、大きさがほぼ同じであったことと、船体が氷であったためだ。

そう、ガイナスには彼らなりの合理性があるのだろうが、宇宙船の船体は、ほぼ氷でできていた。機関部近くは断熱材で覆われていたが、他は氷がむき出しである。

その氷の中に、補給物資なのかわからないが、大きさも形も異なる物品が閉じ込められていた。小さいもので一メートル立方、大きなものでは五メートル立方ほどあった。

ただ物資は全体の二割ほどで、八割は氷であるようだ。おそらくは天涯で切り出されたものだろう。

「探査衛星か何か出せる？」

一木は川口に確認する。そんな都合の良い機材はないはずだが、川口なら何か見繕うだろうという読みだ。それは正しかった。

「五賢帝とのコミュニケーションに使った戦闘モジュールが、解体して放置されてます。武装もおろして、機関部と制御装置だけの骸骨状態ですが、あれにセンサーユニットを載せて強化すれば、宇宙船に接触できます」

「速度は大丈夫なの？」

宇宙船はこちらに接近し、こちらは宇宙船に向けて探査モジュールを送る。追尾しようとすれば、加速し、減速し、反転して追跡するくらいの機動力が必要だ。一木はそれを質《ただ》したのだ。

「ガイナスの宇宙船はすでに減速シーケンスに入ってます。戦闘モジュールの機関部はそれほど高性能ではありませんが、ほとんどのモジュールを降ろして軽量化されてますし、減速した宇宙船への追躡《ついじょう》は十分可能です」

こうして、解体した戦闘モジュールを再利用した探査モジュールが急遽、組み立てられた。もともと臨機応変な改造を前提としているため、探査モジュールとして組み替えるのは容易だった。

燃料の節約と、移動中に拠点から攻撃を受ける可能性を考慮して、探査モジュールは警備艦により運ばれ、所定の位置で分離された。そこから軌道修正を行い、問題の宇宙船へと徐々に接近する。

ガイナスの宇宙船から攻撃は受けなかったが、そもそも武装など施されていないらしい。テラヘルツ波レーダーで氷の中を走査してみるが、何が入っているのかは判然としない。タンクのようなものが多いことから、何らかの化学プラントの一部と思われた。

探査モジュールのデータはすぐに第三管区や烏丸司令官にも送られていたが、烏丸は一木に対して必要と思われる情報をまめに提供していた。

その輸送艦らしい宇宙船は、機関部などはガイナスの巡洋艦そのままで、船体を縦断する桁の構造なども同じであった。烏丸の推論では、ガイナスは自分たちが利用する宇宙船の基本型として巡洋艦を量産し、用途に応じて部分改造して活用するらしい。自分たちが追跡している輸送艦も、巡洋艦から輸送任務に使わない装備をすべて撤去して作り上げられたものだという。

その分析は一木も妥当だと思う。宇宙船においてもっとも量産のボトルネックとなるのが機関部であるから、そこを規格統一するのは理にかなった話だ。

探査モジュールの計測結果を烏丸司令官のスタッフは詳細に分析しているようで、氷の表面から水が昇華する割合を計算し、宇宙船が一〇日から一二日ほど航行しているとの分析結果も出ていた。

それは、ガイナスの第二拠点が四〇天文単位ほど先にあるという想定とも矛盾しなかった。宇宙船がガイナス拠点に到達する二日ほどの間にも、奈落基地は移動していた。ガイナスの宇宙船はそれを理解しているのか、警戒する様子もなく、ステルス機能さえ使っていない。封鎖の解除により脅威がないと判断されたのだろう。

宇宙船が向かうガイナス拠点は、M型小惑星を中心に放射状にケーブルを展開し、蜘蛛の巣のように六四個の小惑星を配置していた。

奈落基地の人間たちは一木司令官も含め、宇宙船は中心の小惑星に向かうと考えていた。そこには宇宙港のような設備があるためだ。宇宙船の離発着が可能な小惑星は他にもあったが、もっとも多く利用されていたのが、この中心部だった。

だが拠点を前に宇宙船は、中心の小惑星ではなく、別の小惑星の動きに同期しようとしていた。

「三七番に向かっているようです」

川口先任参謀が当惑気味に報告してきた。六四個の小惑星には番号が振られており、幾つかについては用途の推測もついていた。金属資源の鉱山であったり、居住施設などだ。熱量の発生が激しいことから工場と推測される小惑星もあった。

さらに、ほとんど活動している痕跡がなく、かつては鉱山でもいまは廃鉱となり、バランスウエイトとしてだけ使われているようなものも三つほどあった。

加工された小惑星表面の風化の具合から、どうやらその三つが拠点の中ではもっとも古い小惑星で、おそらくガイナス拠点も最初は六四個ではなく、この三個の小惑星から始まったとも考えられていた。

三七番とは、まさにその最初期グループの廃鉱小惑星であった。縦横が二キロ、厚さが一キロほどの、かつて天涯攻略戦でガイナスが投入した小惑星要塞と同じくらいの大きさだ。

宇宙船はスラスターを駆使して、三七番の小惑星と動きを同期させていた。中心部の小惑星ならもっと簡単に位置関係を合わせられるのに、宇宙船は面倒な手間をかけている。

そして三七番小惑星に、宇宙船を収容できるほどの開口部が現れた。金属製のゲートだったが、拠点封鎖からいままで一度も開いたことがなかった。

そのゲートが開くと、宇宙船は滑るように前進し、そのまま小惑星の内部に消えた。宇宙船が完全に収容されると、ゲートは再び閉じた。

「何でしょうか、司令官？」

「素直に解釈すれば、使われていない小惑星に物品を輸送船ごと収容した……となるか」

それは間違ってはいないのだろうが、目的も何もわからない。氷の中から化学プラントを取り出して組み立てる可能性もあるが、もともと拠点で製造すれば済む話だ。

「もしかしたら斥候《せっこう》でしょうか？」

川口先任参謀の意見に、一木司令官はハッとした。非武装の宇宙船が人類に撃破されないまま拠点に到達できたのならば、より大規模な船団も到達できる。

つまり封鎖解除が本当かどうか、それを確認するのがこの宇宙船の目的なのだ。

「先任参謀の仮説どおりなら、大規模部隊が拠点に侵攻してくるということか」

一木司令官は、すぐにこのことを方面艦隊司令部と第三管区司令部に報告した。大規模部隊が来ると決まったわけではないが、封鎖解除となれば、外部との交流が増えるのは間違いない。

問題は封鎖突破以降、ガイナスの戦闘艦が、より大型で高性能の巡洋艦に移行しているという事実である。

封鎖によりガイナス側は奈落基地周辺の艦艇戦力を知っている。さきほどの輸送艦が第二拠点にどんな情報を報告するにせよ、来航する部隊は、一〇隻あるかないかの警備艦戦力を凌駕するものだろう。

だから現状では、奈落基地にはそれを阻止する力はない。

一木司令官に対する命令は数時間後に届いた。基地の場所を考えたら、返答は迅速と言えるだろう。

水神艦隊司令長官からの命令は、基地の防衛以外の軍事力行使を禁じるというものであった。もしも奈落基地が危険にさらされたら、第二一戦隊が救出に向かうとあったが、方面艦隊はガイナスの艦隊が現れても戦う意図はないらしい。

「どういうことなのだ？　方面艦隊は勝負を捨てたのか？」

＊

奈落基地に命令が届く数時間前。数百万キロ離れた位置に重巡洋艦クラマと第二一戦隊の艦隊が待機していた。

数分の時間差があったが、探査モジュールのデータは烏丸司令官の乗艦であるクラマにも届いていた。

「廃鉱に氷とな……」

烏丸司令官は、ガイナス拠点の小惑星三七番に輸送艦が収容されたことに困惑し、そして何かを着想したらしい。

三条先任参謀も彼の下で働いてから、そのくらいのことはわかるようになっていた。烏丸の考えが読めるまでにはなっていなかったが。

「三条殿、マルクスに尋ねてみようかと思う」

「何をです？」

「あの夷狄の輸送艦を知っているかどうかをじゃ」

烏丸はそう言ったが、実際に送った質問は一つではなかった。

「小惑星三七番に宇宙船は入港したか？」

それは最近にしては珍しく、画像データのない、文字だけの質問である。ガイナスとの間で、拠点の小惑星の番号などは、数字を相互理解する段階から明らかになっていた。

「知らず」

マルクスからの返答は、電波の往復時間を考えるなら即答と言える速さで戻ってきた。

「これは既知なりや？」

今度は問題の輸送船の画像データを送る。今度も即答だった。

「否」

即答だっただけでなく、ここしばらくの傾向だが、最小限度の情報しかない。

そして烏丸は、もう一つの質問をした。

「汝らはマルクスなりや」

それに対する返答は数時間かかった。だが中身は短い。

「然り」

烏丸はその返答に驚いてはいない。しかし、いささか寂しげに三条には見えた。

「三条殿、どうやら我々の見立ては正しかったようじゃ」

我々の見立てと言われてもピンとこなかったが、烏丸は三条も含めて我々と言っているらしい。

「どういうことでしょうか？」

わからないときは、わからないと言う、それが烏丸と仕事をする上で学んだことだ。教師はわかったふりをする生徒を嫌う。

「まず五賢帝は、拠点の小惑星に輸送艦が到着したことも知らなければ、そもそも輸送艦の存在さえ知らなかった。

つまり現在の五賢帝は、拠点の中で何が起きているかさえ、情報を与えられておらぬ。さらに返答が極端に短いのは、五賢帝を維持するためのリソースが急激に削減されていることを意味する。複雑な処理は難しくなったのじゃよ」

「しかし、司令官。過去の研究では、集合知性の維持にガイナス兵が三〇万体必要と言われてました。五賢帝を維持するのには単純計算でも一五〇万体。

それを大幅に削減されているとしたら、三賢帝くらいまで粛清されたということですか？」

三条はそういう理解だったが、烏丸の見解とは違っていたらしい。面白い意見でござる、とか言うだけだ。

「例のガイナスニューロンのことを思い出されよ、三条殿。五賢帝たちは、それと気がつかぬ間に、獣知性によりその構造を最適化されていたのじゃよ。思考能力を向上させるためにな。

おそらく獣知性は、知性体としての自分たちの構造を最適化しただけじゃろう。ただその結果として、アプリケーションである五賢帝も最適化されてしまった。

だがその最適化により、五賢帝は変質を余儀なくされた。反応が変化したのは、そのためぞ」

「あのぉ、士官大学校で司令官から、自分で自分の誤りを発見して自分でそれを修正するプログラムは、理論的に不可能だと学んだんですが、それと矛盾しませんか？」

烏丸はそれを聞くと呵呵《かか》と笑う。

「昔のことをよく覚えておいでじゃ。それでじゃ、三条殿の疑問はもっともじゃ。教官冥利に尽きようぞ。我々が利用しているコンピュータなら、その指摘は間違いではない。

ところが夷狄は違う。夷狄は、情報処理の基本単位が、改造された人間の神経系じゃ。その正確なメカニズムまでは身共にもわからぬが、機械であるコンピュータなら陥ったであろう論理の罠を、生物の神経系という異なる情報処理装置を利用することで回避したのじゃ。だから夷狄は自己改造が可能なのじゃろう。

あるいは夷狄が人体を集めて知性体を構築したのは、自己改良システムを構築するためやもしれぬ」

三条は烏丸の仮説をどう受け止めるべきかわからなかった。

「もはや五賢帝は、獣知性にとって用済みということですか？」

「左様、五賢帝は、拠点封鎖によって夷狄が危機的状況の中で、生存戦略として、人類との交渉のため作り出された。

だが拠点封鎖が解除されたいま、リソースを浪費して五賢帝を維持する必要はなくなった。辛うじて形骸だけが残っている」

「復讐でしょうか」

三条の口からそんな思いが口をついて出た。それには烏丸も驚いていた。

「復讐とは、また面妖な。なぜ三条殿はそう思う?」

「我々は、五賢帝がガイナスの意思決定を行っていると信じていた時期がありました。戦闘モジュールや巨大ロボットを用いていた時点で、ガイナスは拠点を確実に管理していた。光を点灯させたりハッチを開閉したり、拠点の機能を操っていた。

だから五賢帝は、獣知性の意思にかかわらず、自分たちの行動を優先させた時期があったんじゃないかと思います」

「ほぉ、三条殿、他に根拠は?」

烏丸は最初の懐疑的な態度から、明らかに関心を示している。

「いまさっきの司令官の話を聞いて思ったのですが、獣知性が五賢帝に気取《けど》られないままシステムの改造を行えたということは、逆に五賢帝が獣知性の存在に無自覚であったために、その意思決定を覆《くつがえ》すことも可能だったと思うんです。

この場合、五賢帝には自分たちが獣知性の意思決定を覆しているという自覚もない。これは全体で見れば一貫性を欠いた態度というか、気まぐれに見える。

じっさい、五賢帝の対応には気まぐれとしか思えないものも多かった。特にそれは言語による相互理解が深まるほど頻発した」

「だがまさにその時に、集合知性を構築するシステムの改造が獣知性により進められていた。封鎖が破られ、第二拠点の建設が一定段階を過ぎた時点で、勢力は獣知性有利に傾いた、なるほど」

「復讐というのも適切ではないかもしれませんし、獣知性に感情があるかもわかりません。ただ自分たちに従属すべきはずの五賢帝の集合知性が、一時的とはいえ主導権を握ったことに、獣知性が何らかの憤《いきどお》りの感情を覚えても不思議はない気がします。もともとは人間を材料としているわけですから」

「三条殿が言うのは、獣知性が五賢帝の形骸を残しておるのは、己が無力さを五賢帝に思い知らせるため、そういうことじゃな。

そうであると肯定はできないものの、否定する材料も同様にござらぬ。

ただ現象面から推察すれば、システムの改編は効率化よりも、五賢帝から意思決定の主導権を取り戻すためのものだったかもしれぬの。

なるほど獣知性の感情は、その有無も含め重要な要素であるな。我らにそれを確かめる術《すべ》はないとしても」

そして烏丸は言う。

「あるいは彼奴らには感情こそ弱点やもしれぬ」

＊

ガイナス拠点の封鎖解除と、それによる輸送艦の到着に関する報告を、水神方面艦隊司令長官は壱岐の宇宙要塞で受けていた。

「準備はできているか？」

彼は声に出さず、口の動きで自身のエージェントAIに確認する。

水神はすでに、相賀祐輔《おうがゆうすけ》要港部司令官や火伏兵站監らによる特別チームを準備していた。むろん三人以外にも法務官や事務官などの文官、武官などを集めた、三〇人弱の専門家チームである。

中核メンバーとしては参謀長の宗方《むなかた》モーラ大佐がいたが、彼女は壱岐の執政官執務室にて、水神の名代《みょうだい》としてタオ迫水議長との折衝にあたっていた。

艦隊として艦艇部隊の運用は水神司令長官の責任で行われるが、危機管理委員会や星系防衛軍司令部との折衝、さらには壱岐や出雲の民間企業体との調整などの業務が生じる。

それらを宗方や相賀、火伏傘下のスタッフと調整し、意思疎通を円滑にするのがこのチームの目的だ。

チームに名前はなかった。臨時編制という事情もあるが、法的根拠がない集まりであることが大きい。

もともとコンソーシアム艦隊は文民統制を旨とし、司令長官などが私的に政官財の幹部と接触することについては制約があった。水神がタオ議長と頻繁に連絡を取るのも、艦隊が危機管理委員会の指示で動くということを内外に示す意味もある。

特に出雲星系での、播種《はしゅ》船の減速装置発見に伴う第二管区司令部の暴走は、星系防衛軍内の一部幹部の不祥事として処理され、危機管理委員会も表立っては問題にはしていない。しかし、この事件以降、危機管理委員会の方面艦隊司令部への監視は強まる傾向にあった。

一方で、ガイナス問題や敷島文明問題などには、関係諸機関のいままで以上の連携が求められた。そのために作られたのがこのチームだ。

タオ議長もチームの趣旨は理解していた。ただ危機管理委員会と類似とも思える機関を、艦隊司令長官の下に作ることには懸念もあった。

なのでチームの決定には何の法的拘束力もないものとして、設置が認められた。

現在の状況ではありえないが理屈の上では、このチームの話し合いで決定したことを、それぞれの官庁に持ち帰ってから覆すことは可能だ。

タオ自身は水神が暴走する懸念はないと考えているらしい。ただこのチームを制度化したとき、将来、これを悪用し政官財を巻き込んで暴走する軍人は現れるだろう。第二管区のようなことがあったばかりなのだ。だから法的根拠のない無名の集まりとなったのだ。

チームメンバーは三〇人弱いたが、宇宙要塞の会議室内に集まったのは一〇人もいない。メンバーの大半はそれぞれの執務室で、VRにより参加していた。

会議を主催する立場の相賀と火伏は、VRではなく、本人が参加していた。

「五賢帝がすでに意思決定のイニシアチブを失っている。それが大事件なのはわかる。だから烏丸さんの意見を尊重し、拠点の封鎖は解除されている。だが、それによりガイナス艦隊が戻って来たらどうする？　すでに斥候らしい宇宙船も現れたというじゃないか」

相賀は、対危機管理委員会が烏丸の意見により、ガイナス拠点の封鎖を解くよう水神に命令したことに批判的だった。烏丸がタオと直接会って話を通したというやり方に、軍の組織を無視した危険性を感じたためだろう。

もっとも水神は別の解釈をしている。烏丸はガイナスとの意思疎通プロジェクトの責任者だ。危機管理委員会傘下の最優先プロジェクトの一つであり、タオとの直接会見も不法ではない。

愛妻の恩師だから肩を持つわけではないが、軍人としてではなく指導的科学者としての烏丸三樹夫博士の力量がなければ、自分たちはここまで前進できなかった。それもまた事実なのだ。

「まず、拠点の封鎖解除の最大の目的は情報収集だ。解除した以上は、何か大きなアクションがあるはずだ。

それがどのようなものか見極めることで、第二拠点のガイナスの情報を得られる」

「そうは言ってもだな、司令長官。ガイナスが再び拠点を確保すれば、敵の脅威は増大するんじゃないか？」

その説明に、相賀は納得しきれないらしかった。このあたり変わっていないと水神は思う。時にスパイの親玉のようなことまでやりながら、相賀は他人に心酔しやすいところがあった。

だから、自分が見込んだ水神や火伏のような後輩が階級では追い抜いても、彼らのために泥をかぶる覚悟で働いてくれる。

一方で筋が通らないとなると、相手が天才烏丸博士であっても、批判的な態度を崩さない。公正さと原理原則をこれほど大事にする人間は珍しいと思うほどだ。

水神も、こんな人がどうしてスパイの元締め的な仕事で成功できているのか、不思議に思う。

「要港部司令官の疑問はもっともだが、その懸念はない」

「懸念はない？　根拠は？」

「まず我々はガイナス拠点の封鎖を維持していた。一度だけ突破は許したが、それ以降封鎖は維持されている。

「仮にガイナス艦隊が拠点を活用しようとしても、再封鎖は難しくない」

「その根拠は？」

相賀は執拗だった。それは彼の職業軍人としての疑問らしい。

「あれは欠陥のある拠点だから。そういうことだろ、水神」

火伏兵站監が話に割り込む。相賀が続きを促すので、火伏はまず拠点発見当時の周辺領域を関係者の視界の中に表示する。

「ガイナス拠点は、当初はあれだけで自足していたのかもしれないが、我々に発見された時点で、三つの小惑星鉱山からの資源輸入を必要としていた。さらに天涯からの資源も確保している。

つまり、ガイナス拠点は外部依存が強いという本質的な弱点を持っている。生産設備があるとしても、外部から資源を運ばねば戦力化できない。

封鎖に弱い構造なんだ。仮にガイナスが艦隊を駐屯させたとしても、交通路を遮断してしまえば、艦隊は瞬時に遊兵化してしまう」

水神は火伏の説明を引き継ぐ。

「じつは烏丸博士は、ガイナス拠点は彼らにとって、すでに利用価値がないと考えている。理由は火伏の説明でわかるだろう。ガイナスにとって第二拠点が使える段階になったなら、最初の拠点を確保する意味はほとんどない。

あるいは我々が降下猟兵を投入して、ガイナス拠点の占領を目論《もくろ》めば艦隊が来るかもしれない。だが、内部情報が何もない状況でのガイナス拠点への武力侵攻は、降下猟兵を無駄死にさせるだけだろう」

「つまり烏丸さんは、五賢帝を見限ったってことか」

そんな相賀に水神は言う。

「五賢帝を見限ったのは烏丸さんじゃない、ガイナス自身さ」

＊

「多数の宇宙船が接近中です」

戦闘モジュールを改造した探査モジュールは、ガイナスの輸送艦がやってきた方向で、早期警戒にあたっていた。ガイナスが律儀にその方向からやってくる保証はない。

ただ過去の経験から、ガイナスの戦闘艦はステルス技術で巧みに姿は隠しても、航路に関しては比較的律儀に直線移動していた。燃料が非効率な航路は避けるらしい。

一木司令官は探査モジュールからの報告に、来るものが来たという印象しかなかった。先日の輸送艦は斥候というのが、奈落基地の分析であった。

斥候が来たなら、その後で本隊がやってくる。実にわかりやすい話である。

探査モジュールの遠距離データでは、その宇宙船団は一〇隻より編制されていた。五隻一列で二列になって接近している。相互の距離は縦も横も概ね一〇キロほど離れていた。

宇宙船の詳細はまだわからないが、大きさから判断してほとんど巡洋艦であるらしい。

ガイナスの戦闘艦は、ガイナス艦から、より大型の巡洋艦に移行しているように思えた。

「どういうわけ？　ステルス機能は作動させていないの？」

一木司令官はガイナス艦隊の接近自体には驚かなかったが、探査モジュールが探知できたことは意外だった。

探査モジュールにも、ガイナス巡洋艦のステルス機能に対する探知システムは組み込まれている。しかし、それを作動させるまでもなくガイナス艦隊は通常のセンサーシステムで発見された。

ダミー映像の可能性も考慮して探知システムを作動させるが、センサーとのデータに矛盾はない。ガイナス艦隊は、間違いなくその場所にいる。

ステルス機能は無力と判断して作動させていないのか、それとも人類に発見されても構わないと考えているのか、それはわからない。

探査モジュールは徐々にガイナス艦隊との距離を狭めていった。相手はすでにモジュールの存在を知っているだろう。だからいつ攻撃されても不思議はない。

だが、ガイナス艦隊は探査モジュールには何ら関心がないように見えた。少なくとも射程圏内に入ってすぐに攻撃されることはないらしい。

「攻撃してきませんね」

一木の傍らで状況を見ている川口先任参謀にも、攻撃されないというのはにわかには信じがたいようだった。

「こちらが艦隊を出していないから攻撃されないと考えているのか、拠点との交通が可能になったことを誇示したいだけなのか。そのあたりかな」

一木司令官はそう解釈していた。人類に、拠点と第二拠点に対応する二正面作戦をさせたいなら、まずは拠点に部隊が移動することを示さねばならない。

拠点で無視できない程度の戦力が活動してこそ、人類の戦力を分散させることができるのだ。

とはいえ、一木自身もこの解釈に完全に納得しているわけではない。理由は、ガイナス拠点が封鎖に弱いという特質ゆえだ。

おそらく天涯の資源を活用できるようにするまで、軌道エレベーターを始めとして多くの機材を、拠点の資源の持ち出しで供給してきたのだろう。

それがいま拠点を人類に封鎖されたことで、資源の入手先を断たれてしまった。畢竟《ひっきょう》、第二拠点建設とは、封鎖に弱いという拠点の欠点ゆえの判断ではなかったか？

だから拠点に艦隊を移動したとしても、戦力化は難しいだろう。一木はそう考えていた。

それは他の軍人たちもほぼ同じ解釈であった。

そうしている間にも、探査モジュールはついにガイナス艦隊から一〇キロという至近距離まで接近していた。ここまでくると、ガイナスに探査モジュールを破壊する意図はないと思われた。

同時にそれらが単なる巡洋艦ではないこともわかってきた。巡洋艦一隻につき、八機の戦闘機が船体に固定されていたためだ。

艦首部を取り巻くように等間隔に四機が結合し、それらと角度を四五度ずらして、艦尾部にも四機が同じように結合していた。角度がずれているのは、おそらくは艦首部の戦闘機の噴射を艦尾の戦闘機に当てないためだろう。

「巡洋艦ではなく、空母の配備……ですか？」

「空母……かなぁ」

人類コンソーシアムの星系政府の中には、航空母艦を有するところもある。治安維持のための暴力装置としては過剰という意見もあるが、異星人襲撃のときには移動する航空基地も必要と考えられてきたためだ。

ただ惑星上で運用する空母が効果的な兵器なのは、軍艦と航空機というまったくカテゴリーの異なる兵器の組み合わせにより、互いの利点を活用できるからだ。

しかし、宇宙では話は違う。大型宇宙船に小型宇宙船を搭載しても、さほど利点がないためだ。例えば機動力を考えれば、空母なら軍艦より航空機のほうが高速だが、宇宙船の場合は機関効率の良い大型艦のほうが小型艦より高速だ。

つまり宇宙船の空母的運用にはほとんどメリットがない。ただ拠点を防衛するという限定された用途なら機動力は大きな問題にならず、むしろ宇宙船の数が重要となり、戦闘機搭載宇宙船にもそれなりの合理性は考えられる。

ただし、戦闘機の回収や燃料消費の問題から、補給の負担は急増する。先行して到着した氷ばかりの輸送艦も、戦闘機の燃料輸送と考えれば理解できなくもない。しかし、その輸送艦が運んできたレベルでは、一回出撃したらそれまでだろう。

そう考えると、部分ぶぶんは筋が通っているように見えながら、今ひとつ全体の辻褄が合っていないという印象は拭えない。

不可解な点はもう一つあった。艦隊の速度がやや速すぎるのだ。拠点に向かって秒速一五キロメートルで慣性航行していた。

ガイナス巡洋艦の観測された最大加速度は八・五Gであるから、拠点到着の三分前に減速すれば静止は可能だ。しかし、現状でそんな急減速が必要とも思えない。

もっと穏やかな減速、例えば一Gであれば二五分は必要だ。それ以下の減速ならさらに長時間かかる。過去のデータによればガイナスの宇宙船は、ガイナス兵が高加速に耐えられないためか、ほぼ一G以下の加減速が中心だった。

しかしガイナス拠点まで一一五〇〇キロまで迫っていても、艦隊はまったく減速する気配を示さない。

動きがあったのは、艦隊が拠点まで一一〇〇キロに迫った時だった。巡洋艦はここで戦闘機を発進させた。最初に艦首の四機、それから艦尾の四機。一隻八機が一〇隻で、計八〇機の戦闘機が艦隊最後尾の巡洋艦から順次出撃し、拠点を目指す。

それらは位置も速度もバラバラだったが、拠点手前で慣性航行に入ったときには、ほぼ全機が編隊を組めるタイミングで加速されていた。

巡洋艦はそれに対して沈黙を続けている。奈落基地の戦術AIはこの事態に「警戒」を通知したが、それ以上は反応しなかった。

戦闘機や巡洋艦が向かっているのは明らかに奈落基地ではない。

「何をするつもりでしょう?」

川口先任参謀が当惑するのも無理はないと一木司令官は思う。通常の艦隊戦とは別の視点が求められるからだ。

「戦闘機隊が拠点に突進し、巡洋艦が背後から援護射撃を行う。使っているのは軍艦だけど、やろうとしているのは陸戦よ。つまり陣地戦」

＊

重巡洋艦クラマは単独で、奈落基地よりも前進し、ガイナス拠点に比較的近い領域に待機していた。ガイナスのステルス技術を解明した烏丸司令官は、クラマに対して試験的にその装備を実装させていた。

ガイナス巡洋艦の調査により、ガイナスのセンサー特性はわかっていた。だから、それらに対して欺瞞《ぎまん》情報を与えるのは可能だった。ただそれには高度な計算能力が必要で、現時点ではクラマでしか実現していない。

クラマが移動したのは、探査モジュールがガイナス巡洋艦に戦闘機が搭載されていることを報告してきてからだった。

「ここは一波乱あるやもしれぬ」

烏丸の表情がいつになく厳しいことに、三条は気がついた。

「一波乱とは？」

「身共の予想通りなら、五賢帝との通信回線は開けておくべきじゃろう、三条殿」

要するに何らかの戦闘が行われるということらしい。だが誰と誰が？

「ガイナス拠点より、艦隊に向けて通信が送られています」

戦術ＡＩが報告する。

「迎え入れる準備でしょうか？」

三条の意見に烏丸はゆっくりと首を振る。

「迎え入れるなら、艦隊からも返答があるのが道理。されどＡＩは拠点からの送信だけを報告しておじゃる。拠点は話しかけ、艦隊は無視しておる、そういうことじゃ」

その言葉を裏付けるように、五賢帝から通信が届いた。

「脅威となる艦隊接近、貴殿らの助力を乞う」

それと同時に五賢帝はガイナス巡洋艦のデータを送ってきた。設計図ではなく、戦闘に関わる基礎データだ。それでガイナス艦隊に勝利せよとのことらしい。

「司令官……」

三条には、それは願ってもないチャンスと思われた。五賢帝が頭を下げてきたのだ。巡洋艦のデータを手土産に。

だが烏丸はこうした事態を予想していたのか、無表情で返信する。

「汝の名を述べよ」

「ネルワ、トラヤヌス、ハドリアヌス、ピウス、マルクス」

それはすべての名前を並べたものだった。

「マルクスではないんですか？」

「そういうことじゃ、三条殿。もはや五賢帝は、マルクスが仲介するという構造さえ維持できないほどリソースを削られているのじゃ。

どうやら我々が思っていた以上に、夷狄の拠点は封鎖により追い詰められていたのやもしれぬ。封鎖突破のために持てる資源を投入し、第二拠点を建設した。

だが五賢帝はすでに意思決定の主導権を奪われ、拠点が具体的にどのように動いているかも知らされておらぬのだ。五賢帝を構成する兵士たちも、すでに疲弊し、再生産されず、数を減らす一方なのだろう」

「それはガイナスは拠点を捨て、あれは傀儡《かいらい》に成り下がっていたと？」

「いかにも」

そして烏丸は五賢帝に返信した。

「救援 承《うけたまわ》った。しばし、待たれよ」

「感謝」

それが五賢帝からの返信だった。

そして、この通信が行われている間に、ガイナス艦隊の攻撃が始まった。

ガイナス拠点のレーザー砲台が幾つかの小惑星から姿を現した。それらは戦闘機に向かって攻撃を仕掛けているのだろう。先鋒となる戦闘機が次々と破壊された。

だがそれらのレーザー砲台は、巡洋艦の砲撃で次々と潰されてゆく。探査モジュールは、ガイナス拠点の小惑星に複数のホットスポットが誕生していることを、赤外線源として観測していた。

戦闘は拠点側に不利だった。拠点の砲台の位置を巡洋艦部隊は知っているが、巡洋艦のステルス技術への対抗策を拠点側は知らないらしい。

拠点側の小惑星にはレーザー砲台を稼働したときの赤外線が幾つも観測されるが、それは巡洋艦側の攻撃ですぐにホットスポットになり、消えてゆく。

拠点の反撃により八〇機の戦闘機のうち、稼働するものは六〇機に減っていたが、それらの残存部隊は、ガイナス拠点に猛攻をかけていた。戦闘機隊はガイナス拠点の小惑星をつなぎとめていたケーブルを切断する。

ケーブルが切断されるに従い、小惑星は遠心力で接線方向に飛んでゆき、散ってゆく。そしてバランスを崩した小惑星群は、さらなるケーブルの切断に伴い完全にバラバラになってゆく。

分散した小惑星に戦闘機はそのまま減速せずに体当りして行った。少数の小惑星だけは戦闘機の衝突を免れたが、大半は避けられなかった。戦闘機が衝突した小惑星では、えぐられるようなクレーターが生まれた。中には岩盤を貫通され、空気や液体が漏出するものさえあった。

ガイナス拠点を破壊した巡洋艦部隊は、そこで探査モジュールにやっと気がついたかのように、一撃で破壊した。そしてステルス機能を作動させ、センサーの前から消えた。

勝敗はあっけなくついた。六四個の小惑星で構成されていた拠点は寸断され、切り刻まれたために完全にその機能を失った。小惑星の幾つかは星系外縁を別々の方向に飛び散ってゆく。

烏丸は五賢帝に呼びかけを行うが、もちろん返答はない。

「司令官、どうして救援などと……」

「五賢帝は粛清される運命にあった。彼奴らを擬人化するのは間違いとはわかっておるが、それでも情は湧く。せめて意識を消失する前に、多少なりとも希望をもたせたかっただけじゃ」

「粛清……ですか」

「分解した小惑星のなかで生存する兵士はおるまい。あるいは攻撃の時点で、拠点の兵士たちは施設を破壊し、自滅するよう決められていたのかもしれぬ。五賢帝だけはそれを知らされないままな」

「でも司令官、それなら調査隊を編制すべきでは？」

烏丸は疲れたように言う。

「それは手の空いている者にでも任せようぞ。我らが調査することは夷狄も計算済みじゃ。得られる情報は手間のわりには多くあるまい。真に重要なものは、第二拠点に移動済みじゃろう」

そして烏丸は涙声でつぶやく。

「なまじ希望など与えたのは、あるいはこの上なく残酷なことだったかもしれぬな。マルクス、許せよ」

6 海中都市

「想像していたものと随分違いますね」

敷島星系の機動要塞司令部経理部長のメリンダ山田主計中佐は、ジャック真田博士により公開された衛星美和の海中探査用潜水艦の姿に、率直にそう述べた。

「そうかもしれませんが、我々の用途ではこれで十分です。現状ではデザインを洗練させる必要もありません」

メリンダもその説明に納得はしたが、潜水艦を建造するという話から想像していた姿と目の前の船舶の姿はかなり違った。

メリンダが想像していた潜水艦とは、クジラとかサメのような涙滴型のデザインであった。

しかし真田が機動要塞の工房で作り上げたのは、直径二〇メートルの球体を五つ並べて、それらを無骨なフレームで囲っただけの代物だった。全長は一五〇メートルほどあり、大きさは概《おお》ねガイナス艦程度である。

機械や人間はこの球体の内部に収容される。推進機関系はフレームと一体化しており、水流ジェットで前進したり進路変更を行うという。なので舵もスクリューもない。

「一応、美和の海底まで安全に潜航できるように耐圧殻は球形としました。もっと洗練したデザインも可能でしょうが、調査の本質には寄与しませんし、何より時間が重要です」

潜水艦そのものは工房の大型3Dプリンターで、樹脂や金属など必要な材料を混合しながら、微細な小胞を組み合わせた立体構造で容器への応力を分散するように作られたという。

しかし、衛星美和の海中調査で真に主役となるのは、潜水艦そのものではなく、それが制御する水中用ドローンであった。それらは全長一メートルほどの小型のもので、五〇基ほどある。

真田がこれくらいの小型ドローンを大量に導入するのは、ゴートに回収させる意図があるという。

「潜水艦で回収させるということですか?」

そう質問するメリンダに、真田は実物の水中用ドローンを手にとって説明する。

「墓所で潜水艦が浮上してきた時には運良く球形ドローンを持ち帰ってくれたが、あのような偶然に頼るわけにもいかないでしょう。

ゴートの海中都市が海底にあるのか、それとも巨大潜水艦のような構造物なのかもわかりません。ただ生物資源の活用は望めないとしても、金属資源やエネルギーは美和の海中から手に入れているはずです。

ならば海水を何らかの形で取り入れているでしょう。その取水口からドローンがゴート都市に潜入できたなら、多くの情報をもたらすはず」

「そううまく侵入できるものでしょうか？」

「できるという保証はないです。ただ現時点で我々は、ゴートの都市について何もわかっていない。仮に中に入ることができないとしても、ゴート都市周辺の海洋環境をこれらのドローンで知ることができたなら、それだけでも大きな収穫と考えるしかないでしょう」

真田の潜水艦を構成する五つの球体のうち、中央の球体は実験棟でドローンの製造や改造もできるという。スタッフは五〇人なのに潜水艦が巨大なのは、真田が長期戦を覚悟しているためらしい。

「しかし、処女航海にどうして経理部長が同乗することになるんですか？」

「会計処理の問題です。この潜水艦の管理は真田博士に委ねられておりますけど、建造は艦隊の設備を用いて、艦隊の契約により博士が製造を委託された形になってます。

なので公試を行って経理部長の小職が問題なしと判断すれば、博士から受領して、潜水艦は正式に艦隊の財産となり、そのうえで、艦隊より博士に貸与ということになります」

メリンダの説明に、真田は呆れたように口を開いていた。

「出雲から三六光年も離れているというのに、そんなお役所仕事が必要なのか……」

「そうおっしゃいますけど、出雲から三六光年も離れたこんな場所で博士が普通に呼吸できるのも、そのお役所仕事の成果であることをお忘れなく。ここでは酸素も水も食料も、すべて出雲や壱岐から調達しているんです。

敷島星系で活動するすべての人類を、博士の言うお役所仕事が支えているんです」

メリンダは少し言い過ぎたかと思ったが、間違ったことは言っていないとの自負はある。真田もそれはわかったのか、謝罪し、この件はそれで終わった。

もっとも、真田が経理実務について煩雑なものという印象を抱くのも無理はないだろう。実務作業は法的裏付けにより進められるが、ほとんどの場合は、個人のAIサービスがAIの持ち主との若干のやり取りを経て自動処理するからだ。

日常生活の行政事務の手続きはほぼそれで完結する。ただ艦隊のように関連する機関や人員が多い事務手続きでは、どうしても人手が介在し、確認が必要な部分は残る。要するにAIが如何に進歩しても、人間社会の枠組みの中では、責任をとる存在は人間しかいないのだ。

真田の潜水艦が、連結した単純な球体とそれを支えるフレームという構造である利点は、公試の現場でメリンダも目にすることとなった。

さすがに機動要塞から潜水艦のままで運ぶことはなく、解体する必要があった。巡洋艦に分解して積み込み、美和まで輸送する。そこから降下モジュールを用いて地表まで運び、組み立てる。

真田はこの手順も織り込んで、潜水艦を建造していたのだ。

メリンダは経理部長として、氷原に組み立てられた潜水艦を確認する。外からの目視検査である。

プラスチック製のパレットの上で組み立てられていたが、潜水艦からの熱もあってか、数センチほど氷の中に潜っていた。

「このまま海中まで潜らせるんですか？」

メリンダの宇宙服のバイザーに、真田から送られた図面が表示される。それをみると、潜水艦の周囲に小規模な発破をかけるらしい。発破作業には慣れていることを示すためか、真田は危険物取扱士と爆発物取扱士の証明書も表示していた。本当にさまざまな副業をこなしてきた人らしい。

「こういう天体は氷の特性にそれほど違いはないからね。発破はそんなに難しくないよ」

そう言いながら、真田は発破準備の指揮を執る。降下猟兵旅団の中には司令部直属の工兵隊もあるのだが、そこの分隊の協力も得て作業は短時間で終わった。

潜水艦の五つの球体は艦首側から順番に、センサーなど情報処理棟、居住棟、居住および実験棟、主実験棟、動力棟と、機能ごとに分かれていた。

二番目の居住棟と、三番目の居住および実験棟は、緊急時には本体から分離して、球体単独で浮上するようにできていた。

宇宙船技術がベースになっているため、人数分の簡易宇宙服も用意されており、最悪の場合、居住棟の電力を宇宙服に供給して、その状態で救助を待つことも可能だった。

公試を口実に、経理部長として美和の海中探査に立ち会うことを楽しみにしていたメリンダであったが、調査の現場を目《ま》の当たりにすると、やはり自分の仕事が終わればそのまま帰る気になっていた。居住空間は宇宙船並みに快適だが、現場の作業はなかなかハードに思えたからだ。

真田が宇宙船以上に乗員の生存性を考えているのも、危険な経験を経てきた事実ゆえだろう。

いわゆるブリッジに相当する場所は、中心の居住および実験棟の球体の中にあった。ブリッジのモニターには、潜水艦を八方向から映す映像が表示されていた。真田はそれで、周辺の安全確認をしているようだ。

赤褐色の氷原に鏡面の球体が連なる様は、不思議な景観だった。船体を鏡面にしているのは、反射能を高めて遭難時の発見を容易にするためだという。

真田の中では、潜水艦は遭難することが前提であるようだった。そこまでしなければ安心できないのだろう。

外からの目視検査が終わると、真田やメリンダたちは、やっと艦内に移動する。

宇宙船技術をベースにしているだけに、内部の様子は、メリンダたちも見慣れた貨物船の居住区画を踏襲したものだった。

艦内ではすでに、真田のスタッフにより発破の準備が進められていた。さすがにカウントダウンは行われていないが、命令さえ出れば、すぐに開始できるようだった。

「それでは、はじめますか」

メリンダが頷くと、真田はスタッフにカウントダウンを命じる。すぐに正面のモニターには発破をかけるまでの数字が表示される。時間は三〇秒だ。

数字は着実に減って行き、それらが〇になると同時にメリンダは、足元から衝撃波が抜けてゆく感覚に襲われた。

赤褐色の氷は粉砕され、飛び散る。そうすると潜水艦はゆっくりと氷原の中に沈んでいった。

潜水艦が完全に氷の下に潜航すると、ブリッジの映像はCGに切り替わる。センサーなどのデータから潜水艦の状況を計算し、映像化しているのだ。

「公試手順のシステム検証はすでに終了しています。あとは航行と潜航、耐圧試験などですね」

基本的に公試といっても安全審査だけであり、それが確認できれば、手続きは済む。3Dプリンターで製造し、プロセスもAIで監視しているので、設計値と違う性能になる可能性はほぼない。この潜水艦が設計外の性能なら、同様の手法で機械類を調達している製造業は大混乱に陥るだろう。

ただ、そうはいっても極限環境での運用もあるので、試験を省略はできないのであった。試験は滞《とどこお》りなく進んでいった。耐圧殻も設計通りで、異常なデータを示すこともない。心配なのはセンサー関係であったが、これもトラブルらしいトラブルはない。強いて言えば海中カメラの感度が悪かったが、これは美和の海水が有機物などで混濁しているためで、カメラそのものには問題はない。

潜水艦よりも重要なのは、ドローンの試験であった。これが使い物にならなければ海中探査は行えない。まず一基だけを航行させ、決められたコースを移動し、無事に潜水艦に帰還できるかの試験が行われた。

もしもゴートの潜水艦などと接触した場合には、それを追尾するようにもプログラムされていた。しかし、ドローンはそうしたものに遭遇することなく、予定の時間に戻ってきた。

潜水艦の耐圧区画内にドローンを収容する手段はなかった。球体外のフレームに装着するだけだ。なのでドローンにはサンプル回収の能力はあったが、活動中の潜水艦はそうしたサンプルを分析できなかった。

これも安全のためだ。有害な微生物などを艦内に持ち込んでしまえば、最悪、逃げ場のない乗員は全滅してしまう。

それよりドローンに期待されている機能は、情報収集だ。ドローンが移動している中で、センサーが感知したデータはすべて回収され、分析される。

ドローンには海中カメラも搭載されており、美和の海中生物の姿を撮影できる。生態系のことがわかれば、ゴートの生活様式の推測もある程度は立てられる。

美和の海水は濃厚で、さらに海底火山からのエネルギーが供給されるため、プランクトンなどの生物相は豊かであった。ただそれにより海水の透明度は低い。

そんななかで海水の比重の違いか、一気に透明度が高くなる領域があった。ドローンのカメラは、そこに意外な生物の姿を撮影していた。

「これは、SSX1で回収された缶詰の中の生物に酷似してますね」

缶詰のカエルは四肢が生えていたが、映像の中のそれは四肢を身体に密着させ、うなぎのように身体をくねらせて泳いでいた。

ドローンの映像とソナーのデータによれば、数十メートル四方にわたって、鰯《いわし》のように、カエルは群れていた。

「いかにも例の敷島由来の生物と思われるカエルに似てますが、カエルよりかなり小さいです。小指ほどの大きさでしょう」

そう言いながら真田は首を捻る。

「なぜ群れる……」

「小魚は群れるものじゃありません?」

メリンダにはそうとしか思えない。出雲でも壱岐でも小魚は群れている。

「一般的には群は外敵から身を守るために作られます。つまりあの小動物がカエルの稚魚なのか、別の生き物かはわかりませんが、いずれにせよ生態系の中に捕食者がいるから、群に意味がある。

しかし、我々が氷原で調査した範囲で、美和固有の生態系の中に、敷島から進化した生物種の居場所はない。互いに相手を捕食できないために、相互交流はないと考えてきました。

ですが、考えを改めなければならないかもしれない」

「美和の生物も、敷島由来生物を捕食していると?」

だが真田の意見はやや違っていた。

「いや、美和の海洋生態系に、カエルのような生物を捕食できるほど大型の生物は認められていません。ドローンのデータでも、周囲にそうした生物は捕捉していない。いまのところ美和由来生物で最大なのは、墓所で確認できた指先ほどの海鼠《なまこ》ですが、あれではカエルは捕食できないでしょう。

それよりも、あの小さなカエルの群は何を食べているんだろう？　敷島由来の海洋生物は、美和の生物を直接には捕食していないはずです。

ただ、海中の混濁具合から考えて、有機物の蓄積は十分あるようです。だとすればプランクトンの死体が捕食できるなら説明がつきます。死体が微生物で分解されれば、捕食できるということかもしれません。

つまり敷島由来生物は腐食動物として、美和の生態系の中に存在し得るわけです。言い換えれば、有機物レベルまで分解した形でしか、美和の生態系を利用できない。

それでも敷島由来生物群にとっては、これは大きな福音でしょう。個体数の著しい拡大が可能となるわけですから」

「つまり、ゴート社会の生産力にも影響する」

「そういうことです、経理部長」

経理部長的な観点で、メリンダはこの潜水艦が成功だと思った。公試をしただけで、美和の生態系についてこれだけの情報が得られたのだから。

「サンプルを回収できなかったのが残念だな」

真田は本当に残念そうだが、公試さえ終われば探査計画はいくらでもできる。その点はメリンダのほうが楽観的であった。

公試の時点では、ゴートの海中都市について探査する予定はなかった。社会が存続するなら、海中に都市を築くだろう程度の予想しか立っていないからだ。

だが、最後の耐圧試験で彼らは、早くもゴートの拠点について知ることとなった。

美和の海底は氷原から二〇から三〇キロはあると見積もられていた。耐圧試験は、その海底探査が安全に行えるかどうかの確認試験だ。想定される水圧は四〇〇気圧弱であったが、技術的には克服可能な水準であり、じじつ耐圧殻は海底まで潜航しても、何らの問題も生じなかった。

問題はむしろ、水圧よりも海底火山周辺の特殊な環境にある。強い水圧と海底火山の熱で広範囲な超臨界水の層が予想された。

さすがにそんなものに接触すれば、潜水艦もすぐに腐食されてしまう。超臨界水は貴金属さえ腐食させられるのだ。

このため海底付近では、四基のドローンを先行させて、潜水艦が超臨界水に接触しないよう慎重な操艦が続く。

そうした中で、彼らは印象的な存在を発見する。海底の熱水噴出孔の周囲に広範囲に広がる、超臨界水の海底湖だ。赤外線や音響センサーの反応によれば、超臨界水とそれ以外の海水は、水と油のように分離していた。超臨界水は温度と圧力の条件が揃わねば成立しないため、温度の低い海水との接触面で断絶が起こるらしい。

超臨界水と海水は、海底湖の境界面で波打っていた。それは火山活動の反映と思われた。海底湖には美和の海洋生物の死骸などが降り注ぎ、それは有機物から単純な分子にまで分解される。

その分解された分子が、海底湖から普通の海水へと浸透してゆく。それは微生物にとっては食料であり、細胞を作り上げる材料だ。

このため超臨界水の海底湖と海水との境界領域に、高温で代謝する細菌群のコロニーが形成され、それを餌とする植物相が繁茂し、さらに植物を捕食するプランクトンが生態系を構築していた。美和固有の肉食動物である海鼠は、それらの生態系から離れた領域でプランクトンを捕食していた。

海底からの温水は海洋規模の大循環で上昇し、敷島由来の海洋生物たちは、ここより遥かに氷原に近い海中で繁栄している。海底火山との距離の隔たりが、二つの天体に由来する異質な生態系の混合を抑制しているらしい。

真田は目の前の光景とデータに恍惚とした表情で見入っていた。

「普通は、硫化水素をもちいた微生物から生態系が始まるのですが、美和では超臨界水が生態系の基盤を作り上げているとは……」

「どこからこの違いが生じたんでしょうか？」

メリンダにとっては、深く考えた疑問ではなかったが、真田には違った。

「違いが生じた理由は、これだけでは正直わからない。おそらくは他の天体よりも海底火山の活動が活発なために、生命が存在する環境に影響するほど超臨界水層が拡大したせいでしょう。

海底火山の活発化が海洋の大規模な熱循環を生み、海底の超臨界水層だけでは分解しきれない量の有機物の蓄積を生んだ。それらのなかには敷島由来生物群が活用できるものもあった。

断言はできませんが、概ねそういう構造でしょう」

真田は海底調査を継続したかったようだが、現在は公試中ということで、浮上を開始した。どのみち本格的に調査するためには、設置すべき機材の準備も必要だ。

耐圧試験の次にメリンダは、スタビライザーの試験を名目に海底山脈の調査も行った。

海底火山付近は地殻の運動も激しいようで、急峻な山脈があった。

そのため山脈の傾斜に沿って上昇流が起きている。潜水艦はその流れに乗って浮上する。

スタビライザーは傾斜地と潜水艦の位置関係を計測し、維持していた。

このときは艦首と艦尾にドローンを配置していた。予想外の地形の変化に対応するためだ。出し抜けにオーバーハングと接触事故など起こしたくない。

じじつ、重力の小さな衛星美和の海底山脈は、浮力の助けもあってかアンバランスな凹凸が少なからずあった。鋭角に伸びた巨大な岩なども一つ二つではない。

そうした巨大な岩は上昇流を乱すためか、有機物溜まりのようなものが生まれ、微細な生物のコロニーが形成されていた。

だがそうして傾斜を上昇している中で、艦尾方向のドローンが電磁場の異常を検出する。すぐに他のドローンを二基増援に出すと、電磁場の異常は非常に局所の現象であることがわかった。その原因はカメラの映像で明らかだった。

「高圧電線ですね」

メリンダは他に思いつかない。それは海底山脈の斜面だが、明らかに人工的に削られていた。他と比べて海中の堆積物がないのは、比較的手入れされているためだろう。

そこには高さ五メートルほどの石で作った橋脚のようなものがあり、その上に高圧電線のような太いケーブルが八本も這わされていた。

「常識で考えるなら、海底火山の熱で発電し、山脈の山頂まで送電しているはずだな。海中の送電だから、直流送電か」

真田はそうつぶやいたが、メリンダもその解釈に異議はない。

ゴートは海中のどこに住んでいるのかという議論のなかで、エネルギーの点では海底だが、水圧と頻繁な地震により、都市建設には向いていないという説が出ていた。

どうやら海底には発電所だけ建設し、その電力を都市へと送電する構造らしい。

「このケーブルを伝って海底まで潜航してみましょう」

経理部長のメリンダがそんな提案をするとは、真田にはかなり意外であったらしい。しかし、彼が拒むはずもなかった。

メリンダにしてもゴートの発電施設が発見できうるという時に、「今日は公試だから素通りします」というほど柔軟性がないわけじゃない。それに公試手順の変更は経理部長の管轄事項だ。

潜水艦はそれでも警戒しながら潜航してゆく。海底山脈の上昇流に逆らっての潜航は不利なので、傾斜から離れ、一度海底まで降りてから周辺を捜索することにする。

高圧電線の方向から、どの辺に潜航すべきかの推測はついた。そして海底から五〇〇メートルほどの海中に、それは浮かんでいた。

直径五〇〇メートルほどの円盤状をしていた。上面には直径二〇〇メートル、長さ一〇〇メートルほどのシリンダーが、縁部より一〇〇メートルほど内側に等間隔に一二本、並んでいるのがわかった。それらのシリンダーにはすべて四枚の放熱板のようなものが展開されている。

円盤の下面には、おそらくは上面のシリンダーと一体構造と思われるシリンダーがやはり一二本、海底に向けて四五〇メートルほど伸びていたが、こちらには放熱板はない。

高圧電線は、この円盤から山脈の斜面部まで伸びていた。ドローンを展開してみるが、水圧に耐えるためか円盤もシリンダーも一体化しており、外見から読み取れる情報はなかった。ただシリンダーの内部からは、タービンの回転する音が観測できた。

円盤には直接の可動部分は見当たらなかったが、ドローンによると表面が微妙に膨《ふく》らんだり萎《しぼ》んだりしているらしい。五〇〇メートルもあるのでカメラではわからないが、レーザー測距儀は表面の変形を認めていた。

「水圧で変形しているんでしょうか？」

メリンダは真田に尋ねたものの、彼の専門は海洋生物で工学ではないことを思い出す。しかし、真田には思い当たる節があるようだ。

「あれは浮力の調整ですね。出雲の極地の海洋にそういう動物がいるんですよ。身体を膨らせたり縮めたり体積を変化させて浮力を維持する生き物が。無音で獲物に近づくためなんですよ。

たぶんあの施設も、そうやって海中で一定の深度を保ってるんでしょう。あの深度にとどまるために。あぁ、そういうことね」

真田はドローンからのデータに得心がいったのか、何度も頷いている。

「なにかわかりました、真田博士？」

「わかるというか、経理部長は温度差発電って聞いたことがありませんか？」

「温度差発電……あぁ、士官学校の基礎物理で熱機関の原理を学んだ時に、そんな単語を聞いたような……」

メリンダにとっては、その程度の認識だ。

「そんなもんでしょう。文明の黎明期に出雲で利用されていた記録があります。海洋発電の一種で、海面の温かい海水と深海の冷たい海水の温度差を利用する発電方法です。

出力は温度差相応なんで、人類が生存できる惑星ではそうそう利得は多くない。温度差発電が大電力を供給できるような惑星環境では、人類は生きられません。

でも、美和は違う。海底火山周辺の熱水と、海底より五〇〇メートルの上方では三〇〇度以上の差がある。十分採算が合う水準で発電できるはずです」

「すると、これがゴートの都市への発電所ですか？」

「その一つでしょうね。火山がなくとも深海底は過酷な環境です。安全のために、同様の発電所を二つ三つ持っていると思いますよ」

「核エネルギーは使っていないってことでしょうか？」

メリンダにはそこがわからない。ゴートもガイナス艦を使っていたではないか。

「宇宙船を維持することはできるが、自分たちで新造はできないのかもしれません。

そもそも核エネルギーが自由に使えるなら、これほどの規模で温度差発電所を建設する必要もない。まだ憶測に過ぎませんが、ガイナス艦だけが例外で、他の潜水艦や温度差発電こそがゴートにとって手が届く、自分たちで管理できる技術だと思いますね」

真田は次の海洋探査で回収するつもりで、ドローンを一基、この発電所に置いていくことにした。公試中にそれは望ましくない判断だが、ゴートの調査が潜水艦の目的と考えれば、拒む理由はない。このあたりの判断もメリンダ経理部長の権限のうちだ。

「公試の責任者として、海洋科学の専門家の意見を伺いたいのですがよろしいか？」

公試といっても、事務手続きのための儀式という認識をメリンダは持っていた。ただ実行する以上は、なし崩し的に調査に入るような真似だけは避けたかった。

彼女が手順に拘《こだわ》るのは、指揮系統の問題に関わるからだ。ゴートが予想以上に近くにいるとわかったいま、素通りするという選択肢はない。調査可能な人材も機材もある。だからこそ指揮権をはっきりさせないと、命令が曖昧になる。曖昧な命令はそのまま不測の事態になりかねない。調査を行う中で、乗員を生還させるためには、指揮権の確認は必要だ。

メリンダの意図を真田は理解してくれた。スタッフを生還させるという点で、真田もメリンダに反対する理由はない。

「経理部長として、私はゴートの都市を発見した段階で、ドローンだけを展開し、潜水艦はその時点で墓所に移動し、帰還しようと考えています。真田博士の意見は？」

「まぁ、それしかないでしょうな」

それはメリンダの判断に納得したというより、むしろ自身の準備不足を痛感したものであるらしい。処女航海で発電所まで発見できるとは思ってもみなかったからだ。

「ただそうなると、ドローンのプログラムの修正が必要になりますね。確実に回収しなければなりません。本体が破壊されても、データだけは手に入れる必要があります」

「可能ですか？」

「海洋探査用ドローンは、メモリーだけでも回収できれば情報は得られるようになっています。メモリーだけなら、超臨界水の中に落ちない限り壊れません。だからプログラム回収は日常業務の延長みたいなものですよ」

船体フレームに固定されているドローン群は、そのままプログラムだけ書き換えられた。こうして潜水艦はゴートの発電施設から、墓所まで浮上することとなった。ただ、より多くの情報をえるため、海底山脈の上昇流に乗りながら、発電所からの高圧電線をたどることとした。

潜水艦が海底山脈の頂部に近づいたとき、ＡＩが報告する。

「内燃機関と思われる機関音が察知されました。本艦より二七度方向、仰角六二度に距離一八七〇〇メートル。方位二七〇度に時速九キロで移動中」

内燃機関といえばゴートのディーゼルエンジン潜水艦に間違いないだろう。ＡＩによればゴートは、こちらの存在には気づいていないらしい。針路その他に変化はない。

自分たちの潜水艦は水流ジェットを用い、水中雑音は最小になるよう設計されていた。ここは、海洋生物を音で刺激しないためという真田の方針だ。

「この潜水艦の針路は記録して。我々はこのまま高圧電線を調べます」

真田の潜水艦には武装がない。最初は艦首に体当たり用の衝角をつけることも考えていたという。しかし設計を進める中で、真田も冷静さを取り戻したのか、衝角はなくなった。センサーを実装する上で邪魔だからだ。

メリンダもゴートの潜水艦に武装があるとは思っていないが、断言もできない。それに、美和の海洋についてはゴートのほうが知悉《ちしつ》しているのは明らかだ。

ともかくゴートに対して自分たちは準備不足だ。だから潜水艦への接触は避け、着実な高圧電線の調査に絞ったのだ。潜水艦を追跡するよりもこちらのほうが、確実にゴート都市に辿り着けよう。

海底山脈の頂部にたどり着いたとき、高圧電線は上に、つまりより浅い深度に向けて伸びていた。ゴートの海中都市は巨大な潜水艦のようなものと考えられていたから、この上に都市があるのだろう。

「高圧電線のたるみ具合から見ると、ゴートの都市はほぼ移動していないな。この高圧電線は係留索の役割も担っているのかもしれない」

「真田博士は、工学にも詳しいんですね」

「食うために軍の工廠《こうしょう》で働いてましたし、海洋天文学なんて、基礎すぎて飯のたねにならないような研究分野だと、実験器具も自分で設計、製作しないとならないんでね」

真田はやや自嘲気味に語る。メリンダは曖昧な笑顔でいるしかない。ガイナスが準惑星天涯を侵攻したからこそ、ジャック真田の名前が表舞台に出てきた。海洋と生物がいる小さな天体が戦場でなければ、真田が危機管理委員会に呼ばれることはなかっただろう。

そしてこの分野での第一人者だからこそ、彼はこうして機動要塞に招かれ、希望通りの潜水艦で調査を行えるまでになった。

真田自身、この状況が長続きするとは信じていないのだろう。だからこそ精力的に調査を進めようとしているのかもしれない。

かつて墓所にゴートの潜水艦が浮上してきたとき、その後の分析で最大潜航深度は三キロ程度と割り出された。それがゴートの都市がある深度として、メリンダは真田に、高圧電線の方向から都市の位置を推定させた。

「墓所から二〇キロほど西に進み、その下三キロの海域に都市がある計算だね」

メリンダには、そんな近くにゴートの都市があるとは意外だった。とはいえ、深度三〇〇〇メートルは決して浅いものではない。美和の探査も十分とは言えないことを思えば、気がつかなかったというのも必ずしもあり得ないことではない。ゴートの都市がその位置なら、先ほどの潜水艦は都市からどこかに向かっていることになる。

ゴートの活動領域が海中なら、潜水艦を一隻しか持っていないことはあり得まい。しかし、墓所に現れた潜水艦は控えめに言っても老朽化していた。

どう考えても一大潜水艦部隊を有しているようにも見えない。一〇隻以下の可能性も十分あり得る。

メリンダは躊躇《ためら》いつつも、ゴートの都市へとゆっくりと接近することを選ぶ。ただしドローンはすべて展開し、周辺で少しでも異変があればすぐに察知できるようにした。

ゴートの都市は確認したいが、危険もまた冒せない。高圧電線に沿って移動していたドローンが、真田が計算した領域で巨大な何かを発見する。

「ついに見つけましたね」

高圧電線は壁の中に引き込まれていた。電線の取り込み口だけがセラミック製のようで、それ以外は金属だ。ドローンのセンサーによれば、溶存酸素の少ない美和の海中で、壁の周辺海域だけは酸素濃度が高い。そのためか壁にはところどころ薄く錆が見られた。

出雲や壱岐の海では、船底に貝殻が張り付くことも珍しくないが、目の前の壁にはそんなものはなく、ただ金属壁が見えるだけだ。

生憎《あいにく》とドローンの視野の狭いカメラでは、壁の全体像まではわからない。ただ、レーザー測距儀の計測では、緩やかな弧を描いており、だとすれば壁は直径二キロほどの円になる。

一方で、予想外のことであったが、このゴートの都市と思われる巨大な物体からは、ソナー音の類《たぐい》は認められなかった。周囲を警戒するためのアクティブな活動は見えない。壁の向こうからは確かにポンプやタービンのような大型機械が発する雑音は聞こえるが、それだけだ。周囲を警戒している潜水艦の活動も見当たらない。

確かに、美和の海中にゴートを襲撃するような相手はいないのだろう。

「しかし、この巨大なものがゴートの都市だとして、どうやって敷島へ通信を送るんでしょう？　兆候はありませんが、SSX3のことを考えても何らかの情報伝達は行われていますよね」

SSX3とは、敷島から美和の軌道上に運ばれてきた宇宙ステーションだ。潜水艦が浮上し、墓所の降下猟兵と接触したことがきっかけで設置されたと思われた。

この両者には偶然ではなく関連があると思われたが、どういう形で連絡が取られたのかが不明であった。

「可能性は二つ考えられます。一つは潜水艦が浮上して、どこかにあるだろう通信衛星に指向性の強い電波を送るような場合。もう一つは、極端に波長の長い電波を用いて海中から通信を送る場合です。超長波なら海中からの送信は可能です。

これなら我々には傍受できない。そうした電波の使用は想定されてませんから」

「でも極端に波長が長ければ、送信可能な情報量も非常に乏しくなるのでは？」

「異星人現る、程度の通信なら情報量が乏しくとも意味があるのでは。異変の有無さえ通報すれば、あとは敷島側で対応できる。

ごく波長の長い電波は、星間物質による減衰をほとんど受けません。だから通信波として利用するとしても、それなりの合理性はある。

敷島には二つのリングがありましたが、あれだけの大きさならば、そうした波長の長い電波も傍受できる」

メリンダは真田の話をもっともと思う一方で、疑問も生じた。

「今の仮説ですと、敷島のあの大森林には、そうしたメッセージを理解する能力もあることになりませんか？」

「あるのでしょう、実際。敷島からは宇宙船も飛んできた。理解というのをどう解釈するかですが、美和のゴートを護るような行動も、敷島の大森林にプログラムとして埋め込むことは不可能ではない。

あの大森林をデザインしたのは、まず間違いなくゴートの祖先たちでしょうから」

メリンダは、敷島の大森林が、荒廃した惑星環境を修復するために生み出されたという仮説に対して、それを擬人化して捉えていた。

　大森林という知能機械は、自分たちを作り出した創造主たちを、惑星環境の復活という目的達成のために追放せざるを得なかった。このため古代ゴートは敷島を捨て、美和に移り住んだ。そのことに対して大森林は、贖罪の意味で彼らの文明を陰から支えていたと。

　しかし、現実はそうした感情など関与する余地のない、もっと功利主義的なものらしい。とはいえ両者の関係性には依然として疑問点は残る。例えば、どうしてゴートは美和にしか生存していないのか？　この一事さえわからない。

　メリンダは、最低限度のドローンだけを潜水艦の周囲に残し、他をゴート都市の調査にあたらせた。とりあえず大きさくらいは把握したい。

　ドローンのレーザー測距儀による計測データが、超音波通信で潜水艦に次々と届いてくる。それに対して海中都市は反応しない。外敵への警戒はほぼないように見えた。

　そうして数時間後にゴートの海中都市の全容が見えてきた。基本構造は温度差発電所に似ていた。直径二〇〇〇メートル、厚さ五〇〇メートルの、断面が楕円形の円盤である。これが六つあり、中央の円盤を中心に残り五つが周囲を囲んでいた。円盤と円盤の間は、直径三〇メートル、長さ一〇〇メートルほどのジョイントで結ばれていた。なので円盤同士の結びつきは比較的ゆるいものだった。高圧電線は八本あったが、中央の円盤に三本が、周辺の円盤には一本ずつが接続されていた。

しかし高圧電線の接続は、彼らが追跡していたのとは別の系統が八本あった。ただ、第二発電所がどこにあるかまではわからない。

デザインとして考えるなら、同じ大きさの円盤が中央に一つ、周辺に六つが取り囲むのが自然に思えた。しかし、ゴートの海中都市には五つしかない。

メリンダもこれは文化の違いによるものかと思ったが、そうではなかった。六つ目の円盤があったであろう領域を精査すると、結ばれているはずの隣接する三つの円盤に、千切れたジョイント部の痕跡があった。

ドローンのカメラで判別できる範囲で、このジョイント部は住民の移動だけでなく、電力その他のインフラの供給網でもあるようだった。何を供給していたのかまでは断面だけではわからない。

「七つの海中都市のうち、一つが過去に失われてしまった。そういうことでしょうか？」

「正確には、失われ、さらに再建する力もない、ということだと思うよ」

真田には何か感じるものがあるのか、その声は沈んでいた。

「ゴートはいずれ滅ぶ。失われた都市が再建できないなら、たとえ何万年か先かもしれないが、彼らは順次都市を失い、最後の一つを失った時に滅んでしまう」

メリンダもまた、何と言うべきかわからなかった。小惑星衝突により敷島のゴート文明は大打撃を受けた。そして復興途中に、おそらくは核戦争でさらに惑星環境を荒廃させた。

それでもゴートは生きるために、スキタイという人工的な生態系システムを開発し、惑星環境の復活を目指した。だがスキタイの成功により彼らは惑星を追われ、ようやく美和の海中で安定した文明社会を構築した。

ゴートはそれだけ生きることに必死であった。持っている科学技術により、美和での安定した社会を築いた。

だが、彼らは数千年の間に技術知識を失い、ついには都市を再建することも不可能な水準にまで後退した。あるいはスキタイへの依存が、こうした事態を招いたのだろう。

皮肉にもゴートが求めた安全な環境が、緩慢な絶滅への道筋を開いてしまったのではないか？

中央の円盤を探査していたドローンからの信号が途絶えたのは、海中都市の概要が明らかになった頃だった。

「最後のデータは？」

メリンダの質問に、センサー担当のスタッフが答える。

「何か開口部を調査していたようです。水流が速く、吸い込まれたのかと」

「中央の円盤に吸い込まれたってこと？」

「データを信じる限り」

メリンダは近傍のドローンを調査に向かわせたが、予想以上に流速があるために、五基のドローンがさらに吸い込まれた。

最後に吸い込まれた一基は比較的俯瞰から全体を見ていた。円盤には海水を取り入れるためと思われる吸水口があった。一〇メートルはあるだろう。

それがドローンを探知して飲み込んだのかはわからない。わざわざこんな設備があることから考えて、定期的に海水が注入されていたのだろう。

じじつ、吸水口のほぼ反対側に排水口があるらしい。それはドローンの分析による。直接それを確認できたわけではないのだが、吸水とほぼ同時に、排水口周辺部で海水の組成が急激に変化したのだ。

塩類の濃度が希薄になり、反対に有機物の濃度が高まった。またこれを餌とするのか、プランクトンの濃度も高く、カエルの稚魚のような指先ほどの生物の姿もカメラは捉えていた。

さらに嫌気性な美和の海で、海中都市周辺だけは、溶存酸素の量が桁違いに多かった。それも排水の影響と思われた。

「帰還しましょう」

メリンダは結論した。ゴートの海中都市が急に移動することはなさそうだ。再調査は可能だろう。

それより公試中とはいえ、潜水艦側の準備があまりにも不十分だ。ただドローンは残し、バッテリーが無くなりそうなら、墓所まで戻って浮上するようにプログラムを修正した。海中都市からどうやってガイナス艦を発進させるのかは謎である。都市が移動しないとなれば、ガイナス艦を輸送する潜水艦の類があるのかもしれない。とはいえ、これも仮説でしかない。

潜水艦を墓所に戻すと、メリンダと真田は協議して、すぐに海中都市がある領域の直上の氷原に、調査隊を派遣した。可能であれば氷を掘削し、超音波通信装置を海中に降ろし、そこからドローンを直接操縦するためだ。

海底山脈の海流の影響で、掘削予定地の氷原周辺も氷が山脈のように連なっていた。異なる流れの氷原がぶつかって、山脈という形で盛り上がったらしい。

氷の厚さは尋常ではなかったが、衝突のために幾つもの亀裂が走っており、掘削は予想以上に円滑に進んだ。

氷のサンプルを採取するのではなく、ともかく貫通させるだけなら話は早い。垂直に立てた複合素材のパイプの中を、強力な半導体レーザーのドリルビットを回転させ、パイプを継ぎ足しながら掘削する。

レーザー光は氷に吸収されやすい波長を選んでいるので、周囲が真空ということもあって、氷から水蒸気へと瞬時に昇華してゆく。そうやって掘削は進む。

ただ途中で、昇華しない塩類や有機物が濃縮され、タール状になったものが溜まるが、それはそれで回収し、分析に回された。

掘削キャンプにはドーム状の居住棟が組み上げられ、降下猟兵も兵員輸送車一両分、つまり一個分隊が警護のために派遣された。

掘削作業の実務は、降下猟兵のウンベルト風間中隊長に引き継ぎを済ませ、メリンダ自身は潜水艦の受領などの実務手続きを完了した。

本来ならメリンダ経理部長はすぐに、補給物資を美和に輸送してきた輸送艦に乗り、機動要塞に戻るはずだった。

だがゴートの海中都市を監視していたドローンからの報告が届くにともない、出発を遅らせた。

「海中都市に吸い込まれたドローンが戻ってきたんですって？」

メリンダは真田に確認した。彼はすでに掘削キャンプに基地の拡張用の機材も輸送し、先行して来ていた。

「戻ってきたのとは違うようだ。現場に置いてきたドローンの中で、排水口付近を調査させていたのがあったんだ。主に生物探査だがね。

そのドローンが、都市に吸い込まれた一基の信号をキャッチした。ただし、ドローンそのものではなく、記憶素子の信号だ。

つまりドローン本体は解体されているということだ。そうでなければ信号はキャッチできないからね。

記憶素子はそのまま流されていった」

「海底まで落ちたというの？」

メリンダは絶望的な気持ちになる。水深三〇キロの海洋で、指先ほどの記憶素子をどうやって探す？

「いや、それはない。記憶素子の重量は海水の比重を計算している。あれはね、浮かぶんだ。私も色々とこの手の海洋では失敗してきたからね。失敗した分、学ぶんですよ、人間は。氷原の氷の裏に張り付くはず。海流はドローンが計測するから、捜索範囲は絞れますよ」

「でも、記憶素子の信号がそんなに持ちますか？」

「バッテリーはすぐに切れますけど、ＲＦＩＤタグが内蔵されてますから、電波さえ送れば信号は戻ってきます。それ用のドローンも開発済です。ご安心あれ」

回収用のドローンを、どうやって現場に運ぶのかと思ったメリンダだったが、真田の解決策は単純明快だった。掘削した立坑から蛇のようなドローンを潜航させたのだ。サンプル回収には細長い構造が都合が良いということだった。

とはいえ、回収用ドローンが記憶素子を発見するのは容易ではなかった。漂流地点は計算で割り出せるとしても、記憶素子は小さく、RFIDタグが反応する距離は短い。

海中都市に飲み込まれたドローンは六基だったが、一日かけて回収できた記憶素子は四つにとどまった。他の二基は海中に散逸してしまったらしい。

回収用ドローンから四個の記憶素子を受け取ると、真田はメリンダに機動要塞への帰還を促した。

「真田さんは分析しなくてもいいんですか？」

「もちろんしますよ。ですけど、いまここではいたしません。海中都市の内部に関する貴重なデータです。解読の失敗は許されませんし、データを完全に分析するには高性能のAIが必要ですが、ここにはありません。

私としては、機動要塞での分析結果によって調査計画の再立案を考えています」

解析データはすぐに転送することを約束して、メリンダは機動要塞に戻った。

メリンダが要塞内のラボに記憶素子を渡し、パーキン大江司令官に報告、溜まっていた雑務を片付け、翌朝起床した時には、映像データは最初の分析を終えていた。

機動要塞司令部の幹部にまず分析結果が説明される。担当はコン・シュア研究上級主任だ。彼は少し前まで天体分析チームの主任だった。各部門に個別に配属されていた分析スタッフは、人員の拡充にともない部門の壁を取り払い、分析全般を行う専門家チームに再編された。これによりコン主任が上級主任として全体を統括していた。

「先に前段の流れを説明すれば、ゴートの海中都市も水を必要としており、海水を取り入れ、工業的に飲料水に改変していた。そして吸い込まれたドローンはフィルターを詰まらせ、ゴートがそれを取り除いた、となります。

これはこれで重要な情報ですが、映像に汚れが多く、内容については解析中なのでいまは省きます。重要なのは都市の内部ですから」

映像は、浄水施設らしいところから始まっていた。プールのようなものが幾つも並び、泡立っている。

メリンダは、映像の視界がひどく狭く、さらに近距離の対象だけが鮮明なのに気がついた。それは仕方ないだろう。真田が用意したドローンのカメラは水中探査用だ。濁った海水の中では、遠景より近景が重要になる。回収されて海中都市の内部を撮影することなど想定していない。

水蒸気が多いのか、視界は限られていた。ただ幾つもあるプールの海水は、最初は薄い赤褐色だったものが、だんだんと透明度を増していた。

ドローンに陸上を移動する能力はなく、カメラの視界内には映っていないが、ゴートがドローンを運んでいるらしい。

そこはかなり大きな施設らしく、出口に到達するまで一〇〇メートルは移動していた。それは、ドローンの慣性誘導装置のデータともほぼ一致する。

ほぼ一気圧であり、外の水圧を考えると、吸水は圧力を調整して行われているのだろう。

「吸水口の位置などから、浄水施設は海中都市の最下層にあると思われます」

コン上級主任の説明とともに、海中都市を模した円盤の立体映像が現れる。どうやらドローンの移動した経路を示しているらしい。

「浄水設備のゲートを抜けて、何といいますか、都市に出ます」

その言葉とは裏腹に、映像に現れたのは、競技場のような空間だった。天井の高さは一五メートルほどあるが、ゴートの身長を考えると、それほど高いとも言えないだろう。

カメラの特性のために映像が明瞭なのは数メートル先までで、それ以上は急激に画質が落ちた。それでも数百メートル先まで間仕切りがないことはわかった。水圧に耐えるために支柱は何本か見えたが、いわゆる部屋や間仕切りがない。

工場のような巨大な空間に、役割ごとに机なり作業台などが配置され、それぞれのゴートが担当の作業を行っている。一つの巨大工場ではなく、作業目的は領域ごとに違うらしい。デスクワークのようなことをしている一団もいた。

天涯に建設されたガイナスの地下都市は、目的ごとに石造りの建物が並んでいたが、ゴートの都市は、建物の集合ではなく、巨大な一つの部屋でできている。さらにプライバシーの観念もないのか、互いの身体間隔も密である印象を受けた。

ゴートはやはり体毛がなく、着衣も独特だった。細かい部分は個体ごとに違うようだが、腰にベルトをして、そこに幾つもの袋がぶら下がっている。

袋には作業用の道具が収められていた。潜水艦のゴートは宇宙服を着用していたため、メッシュ状の下着を身につけていたが、そうではないゴートはベルトが着衣なのだろう。

それ以外には装飾なのか、社会的な階級でも示すのか、全員が首飾りをしていた。リボンを首に巻いた程度のものが多数派だが、金属製のメダルのようなものをつけた個体もいる。

ドローンはそこで、多数のゴートの発する声を記録していた。人間には騒音にしか聞こえないが、ゴートにとっては街の喧騒か。

ドローンを運んでいるゴートに関心を寄せる個体はほぼない。ただ、そのゴートがある部署に到達すると、そこにいたゴートが挨拶のように片手を上げ、何か声を発した。

会話らしい音声のやり取りが行われ、ドローンの視界は変わる。そこでカメラははじめて、ドローンを浄水場から運んできた個体の姿を見る。その個体だけは、胸まであるシリコンゴム製の胴付き長靴を身に着けていた。

ドローンが渡された相手は、何らかのエンジニアなのだろう。傍らに刃物のような道具が何種類も置かれ、ピンセットも揃っていた。回転刃で金属を切断するような音とともに、映像は終わった。

「彼らなりに調査をしようとして解体し、残骸を捨てた。事実関係を素直に解釈すればそうなると思います」

誰もなんと言ってよいかわからない。バーキン司令官がやっと口を開く。

「やはりあの競技場のような空間は、都市と解釈していいの？」

コン上級主任はそれに、言葉を選ぶように答える。

「カメラの特性で遠景が不鮮明ですが、それらはコンピュータの補正で再構築中です。映像解析はすべて終わっていないのですが、ゴートの都市には基本的に個人の住宅とか、個人の部屋というものが存在していないようです。

集団で仮眠をとっている映像も、数秒ですが確認されています。人間の睡眠とゴートの仮眠は生理的に違うようなんですが、結論はまだ出せません。

ともかくゴートは、集合知性的な集合知ではないようですが、我々とも違うようです」

「どう違うの？」

バーキンの質問に対して、コンはこう述べた。

「あくまでも仮説ですが、ゴートは、意思決定はできても自意識はないかもしれません」

7　SSX4

コン・シュア上級主任は、駆逐艦マツカゼの艦内から作業艇のスタッフに指示を出していた。

そこは惑星桜花の軌道上だが、美和などの衛星が公転している軌道面と比較して、三〇度以上傾いていた。それは、そこにあった。

離心率も大きく、近点距離が二四〇万キロ、遠点距離が六一〇万キロあり、桜花の周囲を概ね《おおむ》二ヶ月弱で周回していた。仮にSSX4と命名されていた。

その物体は一見するとゴートの潜水艦のような形状をしていた。じっさい発見時にはゴートの潜水艦とは、本来は宇宙船だったものの転用ではないのかと言われたほどだ。

全体の形状は、全長一八〇メートルほどの長いシリンダーがあり、その前から三分の一ほどの、潜水艦なら司令塔がある位置に、直径一〇メートル、高さ二〇メートルほどのシリンダーが伸びていた。ただ、SSX4はやはり潜水艦ではなく、船体にあたる部分は下半分が切断され、司令塔にあたる部分も頂部は切り取られていた。

「破片でこの巨大さとすれば、破壊される前は何だったんでしょう。恒星間宇宙船でしょうか」

コンは、マツカゼのジャオ・スタン艦長の言葉を面白いと思った。SSX4が恒星間宇宙船かどうかはともかく、おそらく本来なら、それくらいの規模の構造物の破片と思われた。

「なぜそう考えるんですか、艦長?」

「我々の機動要塞と比較してもそうですが、あんな細長いシリンダーで都市は建設しないでしょう。ゴートの海中都市でさえ、直径二キロの円盤です。上級主任はどう思います?」

「私の本職は分析屋です。まず分析してみませんと、何とも」

ジャオがそれに対して口を開きかけたとき、SSX1との類似性を分析していたAIが報告する。

「本物体の破断面は、SSX1のそれと一致しました」

コンとジャオはVRで同一の作戦室にいたが、そこにSSX1とSSX4の立体映像が現れる。驚いたことにSSX1の十字形のシリンダーの破断面が、SSX4の中心部のシリンダーと完全に合致した。

つまりSSX1とSSX4は、同じ構築物の一部だったのだ。AIはSSX1とSSX

4に対して、ＳＳＸ１ａとＳＳＸ１ｂという新たなコードを提案した。

ＳＳＸ４の調査責任者であるコン上級主任が了解すれば、ＳＳＸ１ｂが新しいコードとなる。コンはＡＩの提案を了承し、二つの宇宙構造物の残骸はＳＳＸ１ａとＳＳＸ１ｂに修正、同時にＳＳＸ４はコードとして消去された。

コンは、破断面の一致部位を拡大させる。ＳＳＸ１には断面の比較的綺麗な場所もあったのだが、ＡＩが破断面の一致を告げたのは、もっとも損傷のひどい部分だった。

シリンダーに何かが衝突、本体が抉《えぐ》られるように消失し、その衝撃で残された部位が破断したと分析されていた。

最初に発見されたＳＳＸ１ａは、何かが爆発したと考えられていたが、その後の精密な調査により破壊された状況はわかってきた。

全体の中でＳＳＸ１がどのような位置にあったのかはわからないが、ともかくその内部は与圧されていた。

十字形のＳＳＸ１のシリンダーの一ヶ所に何かが高速で衝突し、その衝撃波が内部の空気を伝搬して残り三ヶ所のシリンダー部を爆発的に破壊、ＳＳＸ１ａと１ｂに分離したことになる。

これは、衝突部位は外から内側に溶けた金属が流れているのに、それ以外の三ヶ所は、内部から外に向かって破断面が広がっているからだ。

「運動エネルギー兵器だな」

ジャオ・スタン艦長は、1aと1bを合体させたSSX1の推測図を見ながらつぶやく。

「わかるんですか、艦長？」

ジャオはやや照れながら説明する。

「士官学校では運動エネルギー兵器の破壊のメカニズムも学びますから。具体例はAMineですけど、理論的な考察もあります。空気が入って密閉した円筒を宇宙船に見立てるわけです。

砲弾のエネルギーを効果的に伝達できると、内部の空気が急激に膨張して、爆弾と同じ効果を持つ」

「あぁ、戦闘になりそうなら艦内の空気を抜けって、あれですか」

そういえば、コンもそんな話を聞いたことがある。

「そうです。ただ内部の空気が爆弾的に膨張するというのは、かなり条件が整わないとなりたたないので、艦内を真空にすることはまずないですけどね」

「しかし、SSX1では、その条件が整っていた」

そこでコンは改めて思う。

「なら、誰がSSX1を破壊したんだ？」

敷島星系に建設が進められていた機動要塞は、基本的なブロックの組み立てを完了し、直径八〇〇メートル、全長八〇〇メートルのシリンダー状の姿が出来上がっていた。

中央部の直径五〇〇メートルの空間は、内部に設置した直径三〇〇メートルの凹面鏡による反射望遠鏡として利用される予定だったが、この点だけは中止ではないものの無期延期となっていた。

もともとは敷島や美和の文明に気取《けど》られずに情報収集を行う趣旨の巨大反射鏡であったが、美和のゴートにせよ、敷島のスキタイにせよ、状況の進展が速すぎて、反射望遠鏡を建設するという当初の計画の意味が失われたためだ。

このため現時点では、中央の円筒形の空間は宇宙港として活用する案が浮上し、内壁層のモジュールの幾つかは、そのための改造作業が始まっていた。

振り返ってみれば機動要塞の建設は、作業工程の変更と調整作業の連続だった。特に墓所において大量のゴートの死体が発見されてからは、それを分析するための人材が数多く機動要塞に移動し、彼らのための研究施設や居住設備を用意しなければならなかった。

機動要塞は建設途上にもかかわらず、モジュールが使用可能になった順番に次々と移住者がやってくる有様だ。

こうした中で、新たに立案されたのが百目《ひゃくめ》計画であった。これは五〇メートル規模の反射鏡を一〇基用意し、それにより敷島星系の全天サーベイランスを行うというものだ。

ちなみに反射望遠鏡一〇基なのに百目計画なのは、百目という地球に伝わる伝説の怪物の名前からとったためだ。これは天文学の伝統のようなもので、複数の望遠鏡を連動して観測するようなプロジェクトは、サイクロプスか百目のどちらかが使われるのが通例だった。人類史を見れば、百目計画というプロジェクトは一〇〇以上あるだろう。

こうして稼働した百目計画だが、当初はＳＳＸ１ａの周辺軌道から観測が始まった。１ａの正体がなんであれ、これだけの規模の破片があるなら、本体は遥かに巨大であり、捜索可能であるはずだと。

ただコンピュータシミュレーションを担当しているチームの分析は、そこまで楽観的ではなかった。ＳＳＸ１本体の大きさを１ａの一〇〇倍と想定しての破壊シミュレーションでは、惑星桜花と他の衛星の影響が無視できず、数千年のうちに大半の破片が、桜花に落下することが明らかになった。

桜花に落下しないまでも、美和を始めとする他の三つの大型衛星と衝突する破片も多く、軌道上にとどまり続ける残骸は予想以上に少なかった。

むろんこれは、ＳＳＸ１がどこで破壊され、どれほどの大きさであったかでシミュレーションの結果は異なる。ただ初期設定をいろいろと変化させても、結果はやはり同じだった。軌道はそれぞれ異なるが、ほとんどの破片が桜花か、その衛星群に落下してしまう。

そうした中で、百目計画がＳＳＸ１ｂを発見した。１ｂの発見で、最初の完全な形のＳ

ＳＸ１がどんな軌道か、分析する試みは失敗していた。１ａと１ｂの現在の軌道になりえる想定は幾らでもあったためだ。

少なくともＳＳＸ１がどこにあったのかは、それがどんな施設であったのかを把握しなければ不明とされた。

かくしてコン・シュア上級主任は駆逐艦マツカゼに乗り、ＳＳＸ１ｂの調査に向かったのである。

「１ａと比べれば、おかしな回転をしていないだけ、調査は楽ですね」

作業艇のスタッフからの映像を、コンはＶＲの中で共有していた。

「一八〇メートルもある物体に回転されるなど最悪だよ」

コンはそう言いながら、物体を観察する。最初に目にしたときから、ジャオ艦長は宇宙船ではないかという印象を述べていたが、いまはコンも同じ気持ちだ。一八〇メートルあるが、それも本体が破壊されて残った部分であり、本来の全長はもっと大きいように見えた。

コンの予想では、１ｂの全長は五〇〇から六〇〇メートルはあり、それが何者かの攻撃で大破し、上部の一八〇メートルだけが残されたように見えた。

そう彼が考えるのは、下から見る１ｂの本体部分の内部が、宇宙船の切断面のように見えたためだ。本体部分は最大幅が三〇メートルほどあったが、全体にシリンダーを縦に切断したかのように湾曲していた。その湾曲面に弧を描いた梁が等間隔に走っていた。状況から判断すると、その切り口はやはり何かが衝突したことで破壊されたようだった。

何か戦闘が行われたようなのだが、戦いの性質がコンには見えてこない。

戦闘状態にしては、1bの残骸は武装らしい武装がない。破片とはいえ、これだけの大きさがあれば、レーザー砲の一つも装備されていて不思議はない。

さらに宇宙船の構造が、戦闘に対しては脆《もろ》すぎる印象がある。運動エネルギー兵器を装甲で防ぎ切るのはかなりの難問でも、衝突による損傷を限局化することはできるはずで、しかし1bにはそんな工夫は見当たらない。

コンはそんな自分の考えをジャオ艦長に伝えるが、さすがに軍人だけあって、一つの可能性を示した。

「1bが宇宙船だとして、ここまで破壊されたとしたら、奇襲攻撃を受けた可能性が高いと思います。それも戦備を整えている事実そのものを、相手に隠しおおせるほどの徹底した情報管理ができたなら、緒戦での圧倒的な勝利は不可能ではない」

しかし、コンはその解釈には疑問があった。

「艦長の言うことが正しければ、現在の敷島星系の状況は矛盾しませんか？　奇襲が成功して相手を殲滅できたなら、奇襲側は敷島星系の覇権を握り、彼らが星系内で文明を復興できたはずです。

ですが、現実に文明らしいものといえば、美和の海中文明しかありません」

「いや、矛盾ではありません。地域紛争などで見られるパターンです。まず奇襲側がそれを必要とするのは、正面からの戦闘では勝ち目がない場合が多い。戦力で劣るから奇襲という戦術になるんですよ。

奇襲に頼らねばならない時点で、経済力や生産力は劣勢なので、短期間に本来の政治目的を達成しない限り、最終的に奇襲側は負けます。そもそも長期戦では勝てないからこその奇襲ですから。

いずれにせよ、思惑が外れて長期戦になった場合、どちらが勝利しても社会的ダメージは無視できません。勝者のいない戦争で終わる可能性も無視できません」

「つまり美和のゴートたちは長期の戦闘により、多くのものを失い、海中都市で生き残るのが精一杯だったと？」

「そうであると断言はできませんが、そうであったとして、現状とは矛盾しません。ガイナス艦を運用するにもかかわらず、氷原ではなく海中に都市を建設するのも、外敵の存在を考えるなら理解できます」

「その意味では、この1bの発見は、敷島星系で何があったのか、その秘密を知る緒《いとぐち》になるかもしれませんな」

その間も作業艇は1bに手が届くまでに接近していた。作業艇は全長二〇メートルほどの小さなもので、与圧区画もなく小出力のスラスターによって移動する。駆逐艦の周辺を外から確認したり、応急修理したりするのが主たる用途だ。

宇宙船の規格化に神経質なコンソーシアム艦隊ではあったが、作業艇の類《たぐい》だけは、星系や軍艦によって設計に自由裁量が認められていた。

今回の調査でマツカゼが選ばれたのも、この大型作業艇を搭載していることが一つの理由だった。マツカゼは駆逐艦でも試験的に改造を施された軍艦で、AMineを撤去する代わりにレーザー砲塔を増強されていた。この改造は、先行する駆逐艦ヤマグモとウミカゼのレーザー砲塔増強が好成績であったために行われたものだ。

この関係で、メンテナンス機材であるマツカゼの作業艇は、ロボットアームも装備された贅沢な構造になっていた。

カメラも高性能で、AIを連動しているのは、画像により損傷箇所の評価や、最適な作業手順などを割り出さねばならないからだ。

そうした中で、1bの終端部六〇メートルほどの画像を映しているとき、AIは当然それを核融合炉と判別した。コンには何か大きな機械の一部としかわからない。その部分もまた破壊されていたためだ。だがAIは、その映像から機械の構造を分析していたらしい。データベースには参考資料としてガイナスの主機データも含んでいたが、AIはそれに反応した。

ただし、それはガイナス艦の主機を発見したというのではなく、類似構造の核融合炉との判断だ。同一性は六〇パーセントほどという分析だった。

「機関長、どう思う？」

ジャオ艦長は意見を求めた。すると、機関長のアバターがコンの視界の中に現れる。

「ざっと見た範囲での意見ですけど、ガイナス艦より冷却ユニットがかなり発達している印象ですね。放熱板はほぼ全部飛び散ってますけど。

放熱機構が充実しているのは、機関効率が高いってことですから、ガイナス艦よりかなり高性能だと思います」

「機関長、この宇宙船で恒星間飛行は狙えると思うか？」

コンの質問は彼も予想していなかったのだろう、すぐには返事はなかった。

「奴らガイナス艦でも、敷島から壱岐に七〇〇〇年近くかけてやってきましたからね。でもまぁ、こいつなら一〇〇〇年以内で可能と思います」

「ありがとう」

コンは機関長に礼を述べたが、彼の答えには衝撃を受けた。ガイナス船団は六七〇〇年以上かけて敷島星系から壱岐星系までやってきた。それは彼らの技術的問題かと思われていた。

しかし、そうではない。彼らにはもっと短期間で恒星間を移動できる宇宙船技術があった。ただ、それは破壊されてしまった。1aは十字形の連結機構と考えられていたから、1bのような宇宙船を四隻束ねる役割を担っていたのかもしれない。

ただ作業艇で観察した範囲で、この残骸から有意な情報を読み取るのは難しそうだった。宇宙船の中枢部が破壊されているためで、コンピュータの類を回収するのは期待できそうにない。

「どうやら本格的な調査チームを派遣することになりそうだ」

＊

危機管理委員会の傘下で科学者チームを統括するブレンダ霧島《きりしま》にとって、仕事は増大する一方だった。最近では、危機管理委員会からの研究命令を、部下にどう割り振るかが中心になっていた。

今回もそうであった。SSX1bのデータは、すぐに出雲星系の惑星淡島《アシハマ》にある地下研究施設に送られた。異星人の機材分析はキャラハン山田の担当であった。

とはいえ壱岐や敷島から送られてくる機材は膨大で、キャラハンの傘下にもすでに幾つもの専属チームができていた。ガイナスの巡洋艦やSSX3の分析などである。

SSX1の分析チームもすでにあったが、1bの発見に伴い、チームの陣容は拡充された。

ただチームの陣容については、キャラハンではなく、上司であるブレンダ霧島の担当である。周防や瑞穂星系にまで出向いて、研究機関に恨まれつつも人材を一本釣りするときなど、星系防衛軍でガイナスの探査衛星を分析していた日々が信じられなくなることもある。

日々、提出される論文やレポートに目を通し、なんとなく研究をしている気になっているとき、ふと、自分自身の論文となれば、この一週間ファイルを開いてもいないことに気がつき、愕然とすることさえあった。

本当ならキャラハン山田と、こうした作業を分担すればいいのだが、生憎《あいにく》とキャラハンはそうした分野では驚くほど才覚がない。研究に専念させるのが一番効率的な人材活用だ。なのでブレンダが動くことになるのである。

こういう状況であるから、淡島の地下研究都市で休日を過ごしたのは数ヶ月ぶりのことだった。出雲にある自宅には少なくとも半年は戻っていない。今後半年以内に戻れるのか、それもわからなかった。

短い休日を終えた朝、彼女はキャラハンの報告を受けた。内容は言うまでもなくSSX1だ。ブレンダは自分のオフィスでキャラハンを迎えた。ロボット掃除機は留守の間もいい仕事をしたようで、床もテーブルの上も埃一つ残っていない。ただカップの中のココアは干からび、黴《か》びていた。とりあえず、誰も勝手にオフィスに侵入していない印と前向きに考える。

「コーヒーなら、勝手にやって」

そう言いながら黴びたカップは書類を載せて隠し、身振りでキャラハンに自分の分のコーヒーも用意させる。キャラハンも心得たもので、豆用の冷蔵庫から銘柄を選び、豆を挽き、お湯を注ぐ。

「ありがとう」と言って、ブレンダはコーヒーを受け取る。キャラハンにコーヒーを淹《い》れさせるのは、そのほうが味も香りもいいからだ。同じ豆で同じようにやってるはずだが、なぜかキャラハンほどうまくいかない。

「それで、敷島にはいつ行くの？」

そう、キャラハンともなかなかゆっくり話せないのだ。

「予定変更で、敷島には行きません。壱岐の第三管区でガイナスの戦闘機関連の分析です。烏丸先生とも色々やらないとならないことがありますから」

烏丸の案件とは、ガイナスが第二拠点から本格的に人類への反攻を計画しているという話だろう。烏丸も五賢帝が権力を失っていることは予想していたようだが、拠点ごと粛清されるとは思ってもみなかったようだ。

「それで、ＳＳＸ１の分析です」

ブレンダのオフィスの空間に、キャラハンがまとめ上げたレポートが現れる。部下の一部には、オフィスのエージェント機能を開放していた。

「ＳＳＸ１がもともと何であったのか？　これが復元図です」

　キャラハンの言葉と同時に宇宙船の立体図が浮かび上がる。それは一言でいえば、十字形のシリンダーを中心に、直径約六〇メートル、全長約二〇〇メートルのシリンダー四本を連結させた形だった。この十字形のシリンダーがＳＳＸ１ａに相当する。十字形のシリンダーは九本あり、概ね二〇〇メートル間隔で、四本の大型シリンダーを結合させていた。これら四本は、主機があると思われる部分から放熱板が伸びていた。

　放熱板を除けば、四本のシリンダーを結合した宇宙船は、正面から見て縦横それぞれ一六〇メートルほどの大きさがあった。

「これが宇宙船？」

　再現された立体図は、ガイナス宇宙船とはデザインモチーフがやや異なるようにブレンダには思われた。同時に別の疑問もあった。

「ＳＳＸ１ａと１ｂはこの想像図からすれば、ほんの一部の残骸に過ぎないでしょ。どうしてこの形と割り出せたの？」

「ごく単純な話です。宇宙船の強度を高めるために肋骨のような環状の梁が走ってるのですが、順番に番号が振られていました。五賢帝とのやり取りで、ガイナスの数の表記はわかっています。艦首から艦尾方向に数が増えているので、全長の推定はできます。

　あと、１ｂの機関部に、宇宙船全体の構造図が残っていました。本来は機関部の系統を示すための説明図のようなものですが、全体の構造はそれでわかります。

先の梁の数から導いた推定とも矛盾しません」

キャラハンの言うことは間違いではなさそうだ。しかしブレンダには、この宇宙船の用途がわからない。恒星間宇宙船が一番ありそうではある。航路啓開船ノイエ・プラネットが観測したガイナス船団と比較しても、こちらのほうが高性能だろう。

ただ、取るものもとりあえず手持ちの宇宙船で恒星間移動を強いられたガイナス船団と比較して、この宇宙船はかなり本格的だ。

だがこれを建造した勢力には、これを破壊した敵対勢力がいた。にもかかわらずSSX1に武装はない。少なくとも発見されていない。

「この復元図が正しいなら、SSX1を建造した文明は、ガイナスと言語的な同一性を持っていたことが確認できました。ガイナス文化についての情報はかなり乏しいとはいえ、既知の情報とは矛盾しませんでした」

「ということは、ガイナスはSSX1を建造した文明圏からやってきたわけか」

ブレンダもそのことに特別の感慨はない。確かに文字や数字が同じ文化圏であることが確認できた意味は大きい。この他にも敷島文明とガイナスの関係については、すでに多くの証拠がそれを示している。

だがキャラハンの報告はそれだけではなかった。

「お気づきと思いますが、SSX1には武装がありません。もちろん非武装の宇宙船があっても不思議はないですが、どうもそういう問題ではないみたいなんです」

「そういう問題ではないとは？」

キャラハンは新たな画像を浮かべる。それはガイナス艦に酷似していた。

「1bの船体が引き千切られた部分の壁に表記されていました。宇宙船の識別表のようなものだと我々は判断しています。

どうも、もともと大きな窓があったようで、そこが強度的な弱点になったようです。窓から外を見て、この識別表で、接近してきた宇宙船の種類を判断したと考えられます。

識別表には、宇宙船の外観と寸法、用途などが一覧になってました。1bで発見されたのは、五種類の宇宙船の識別データですが、敷島文明の宇宙船が五種類だけなのか、それ以上存在するのかまではわかりません。少なくとも例の円盤型宇宙船は記載されておりません。

まぁ、この識別表の運用はともかく、重要なのはガイナス艦について、汎用艦と表記されていることとです」

「汎用艦……誤訳じゃないわよね？」

「誤訳としたら、烏丸先生の段階で間違っていたことになります」

ブレンダにはその話をどう解釈すべきかわからなかった。いままでガイナス艦は戦闘艦として人類と何度となく砲火を交わしてきた。それが汎用艦とはどういうことか？

「ＳＳＸ１の情報だけで判断すべきではないのかもしれませんが、現在我々が手にしている太古の敷島文明の情報を見る限り、彼らは戦闘艦を持っていないんです。武装した宇宙船を有していない」

「それはおかしいじゃない、キャラハン。あなた、敷島へ調査に向かってゴートのガイナス艦に攻撃されたわよね？　だったらゴートはいつ戦闘艦を持つようになったわけ？」

「それなんですが、さすがに武装化の時期についてはわかりません。ただ、美和での戦闘と壱岐星系での戦闘を比較してわかったことがあります。

確かにどちらにもガイナス艦が存在していました。ですが、美和のガイナス艦と壱岐星系のそれは武装が違うんです」

「違うって？」

ブレンダは、キャラハンの話の着地点が見えない。

「レーザー砲塔の数が、美和のガイナス艦は四門、対して壱岐のそれは八門。さらに回収した残骸の分析からするとレーザー光線も違います。美和のそれは炭酸ガスレーザー、壱岐はより波長の短いエキシマレーザーです。

つまりですね、二つの文明はガイナス艦という汎用艦を共通のプラットホームとして利用しているものの、それぞれ別々に戦闘艦を設計し、製造した。

現在入手できる情報から判断すれば、そういう結論になります。となれば壱岐星系にやってきた船団も非武装のガイナス艦だった可能性が高いでしょう。もしも出発時から戦闘艦であれば、美和のガイナス艦と壱岐のガイナス艦は同じデザインだったはずです」

ブレンダはキャラハンの仮説が、別の厄介な仮説につながることに気がついた。

「現在、敷島文明が戦闘艦を持っていなかったとするならば、何者がSSX1を破壊したの？」

「敷島星系に残っているのは美和のゴートだけです。素直に考えるなら、戦いの勝者はゴートであり、ガイナスは敗者として敷島を追われたことになる。ですが、文明の水準や技術力を考えれば、ガイナスのほうがゴートよりも高度な技術力を有しています。

ゴートに文明の後退が起きたものと推測されますが、なぜなのか、その理由はわかりません。ゴートの記録に当たらない限り」

ブレンダはため息が出た。ガイナスやゴートの母星である敷島は、小惑星の衝突により文明が大打撃を受けた。その後に何が起きたのかはわからない。

一つ明らかなのは、ゴートにせよガイナスにせよ、その歴史は決して平坦なものではなかっただろうということだ。

「まぁ、敷島文明への憶測はここまでにして、SSX1です。この全長二キロの宇宙船ですが、どうも恒星間宇宙船の一部らしいんですよ」

「その根拠は？　図面でもあったの？」

「図面も何もありません。わかるのは数字だけです」

先ほどの復元図が変化する。十字形のシリンダーにより上下左右に連結される四隻の大型宇宙船。だが、この復元図にさらにブロック玩具のように十字形のシリンダーが追加され、それに応じてさらなる宇宙船が結合される。

正面から見れば、最初は一つの宇宙船を中心に上下左右に四つの十字形が連結する。そして十字形の空いている結合部すべてに八隻の宇宙船が囲うように結合していた。結合する宇宙船も全体で九隻に増えていた。

「ＳＳＸ１ａと１ｂには、自身の番号と隣接して結合する宇宙船の番号が描かれていました。おそらく通路の方向指示のようなものでしょう。１号宇宙船へ行くには、１号と描かれた方向に進めという具合に。

肉眼ではわかりません。レーザー測距儀で壁面を正確に計測した中で、数字が描かれていたらしい凹凸が読み取れた結果です」

復元図でＳＳＸ１ｂは、九隻の宇宙船の中心となる位置にあった。ブレンダが質問する前にキャラハンは応える。

「宇宙船の配置ですが、数字の並びから合理的に推測するとこうなります。これはあくまでも最小構成で、じっさいはもっと巨大だった可能性があります。

おそらくは自走式の宇宙都市で、規模が大きくなればなるほど恒星間航行の安全性と実現性が高まります。もちろん九隻でも、敷島から壱岐まで移動することは可能でしょう」

「真田博士からの報告だと、惑星敷島は、核戦争後の崩壊した環境を回復するため投入した生物学的機械により、文明復興ができなくなったらしいわね」

多忙にもかかわらず、キャラハンはその報告書の内容を知っていた。

「あれもよくわからない話ですね」

「真田の仮説が間違ってると、あなたは言うわけ？」

「いえ、真田さんのスキタイ仮説は信じがたいですが、間違いとは言えません」

ジャック真田の二細胞生物を基礎とした生物学的機械は、スキタイと呼ばれることとなった。つまり、惑星敷島は生物学的機械に管理されているという危機管理委員会の認識である。

「僕が疑問なのは、時系列です。スキタイの暴走で古代ゴートたちが惑星に住めなくなり、恒星間宇宙船を建造した。

物語としては素直で好きですけど、小惑星衝突、核戦争、スキタイ、恒星間宇宙船、これらの時系列と時間間隔はどうなっているんでしょうか？」

それはブレンダも少し気になっていた。真田によれば、敷島には核戦争後に建設されたらしい大規模建築物がある。それだけの生産力と技術力が残っていた。

そこには切迫した環境悪化への危機感は見られない。少なくとも数十年は惑星で文明を維持できたということだ。
たとえば、スキタイを開発するのに半世紀かかったというのはあり得る話だが、地上で
それだけ文明を維持できるなら、スキタイの必然性に疑問が残る。
またスキタイの暴走で惑星を追われたならば、SSX1のような恒星間宇宙船を建造す
る技術力や生産力を、どうやって構築したかも疑問だ。宇宙インフラの建設とて一朝一夕
ではできない。
最大の謎はSSX1を奇襲攻撃した存在は何者か？ なのだ。
「キャラハン、あなたはどう考えてるの？」
「スキタイは、真田さんが考えているような惑星環境修復機械じゃない。むしろ環境兵器
として考えたほうが筋は通ります。
つまり小惑星衝突に核戦争と続いた中で、敷島文明は二つに割れたんだと思います。敷
島に残るものと、宇宙に活路を見出したものと。
そしてどちらも都市を建設した。ここまでは敷島で発見された遺跡とは矛盾しない」
「それで？」
「ここからは憶測ですが、宇宙勢力と惑星勢力の間で、対立が起きた。惑星勢力が宇宙進
出を企てたのを、宇宙勢力が阻止しようとした。

の対立の中で、宇宙勢力はスキタイを開発して、敷島の生態系を破壊した。真田さんの話だと、スキタイは色々な生物を生み出せたそうです。そうやって密かに生態系の種々の生物を、スキタイが生産した生物と入れ替える。

そして生物の入れ替えが十分に進んだ段階で、スキタイは生物の生産を止める。すると生態系に幾つも穴ができて、敷島の生態系は一気に崩壊する」

「それで今度は、両陣営の宇宙戦争に拡大したというわけ？」

ブレンダの問に返答するには、キャラハンは少し躊躇《ため》いがあった。

「物語としてなら、そういう展開だと思います。

敷島星系の宇宙インフラが大規模に破壊されたのは事実です。ただ、SSX1はどちらの陣営が開発していたのか？　それはわかりません。

烏丸先生は、ガイナス船団はSSX1のような恒星間宇宙船に所属していた小規模部隊だったが、本隊が全滅したため、彼らだけで壱岐に渡らねばならなかった、という仮説を立てています。

この仮説通りなら、SSX1はガイナスの祖先たちが建造していたことになる。彼らが宇宙勢力なら、破壊したのは惑星勢力」

「でも、あなたはそういうシナリオには納得していない」

キャラハンはすべての画像を消した。

「敷島星系にかなり高度な文明があったのは確かです。状況から戦争もあったのでしょう。ですが、宇宙にまで進出した文明がここまで衰退するでしょうか？　一番気になるのは、ＳＳＸ１や本来のガイナス艦に武装がないという事実です。あるいは戦闘艦が存在した証拠がないことです。すべてを説明できそうな大きな物語は作ることができても、その物語では説明がつかない小さな事実が幾つもある。このことが意味するのは一つです。我々はまだ、大きな物語を語れる段階にはない」

ブレンダはため息をつく。科学者として彼女も、「現時点ではわからない」というキャラハンの態度は真っ当なものだと思う。

しかし、科学者ではない危機管理委員会のメンバーにそれを納得させるのはブレンダの仕事だ。

もちろん委員に納得した気にさせる手管は色々ある。ただ、そんなやり方は科学者としては邪道であることを彼女は誰よりも理解していた。

ブレンダが現場を離れ、多くのプロジェクトマネージャーを統括する立場に身を置いているのは、独裁権を握りたいからではなかった。危機管理委員会との交渉の中で、科学とは違う次元の厄介事を引き受けるのは、自分ひとりで十分だと考えているためだ。

泥をかぶるのは一人でいい。この点では、文官たちの利害調整を議長という立場で引き受けているタオ迫水を、ブレンダは尊敬し、信頼していた。

畢竟《ひっきょう》、タオが議長でなかったなら、自分もいまの職を退くつもりだった。むろんそれをタオ本人に言ったこともなければ、言うつもりもない。

「機動要塞のバーキン司令官には私から話を通しておく。敷島星系の全天走査を強化しましょう。SSX1以外にも星系内を漂う宇宙インフラの残骸は必ずある。それらを発見し、分析し、あの星系に何があったのか、それを明らかにすることよ。ゴートと交渉するにしても、いまの我々はあまりにも彼らについて知らなすぎる」

キャラハンが報告を終わると、すぐにブレンダは、機動要塞へ向かわせるスタッフの人選に取りかかった。

そしてそれから程なく、機動要塞のバーキン司令官よりブレンダに報告が為された。新たな人工物が発見され、すぐに駆逐艦マツカゼを向かわせたと。

＊

「レーダーに反応があります」

駆逐艦マツカゼの船務長がそう言うと、レーダーより合成された対象物の形状が、ジャオ・スタン艦長やコン・シュア上級主任の視界内に現れた。

「なんなのこれは？」

　ジャオ艦長は、その形状に首をひねる。確かにそれは人工物だった。レーダーの反射波から合成したので、解像度はそれほど高くない立体図だが、不思議な形状をしていた。

　それにもっとも近い形状を言うならば、閉じた傘だろう。全長三キロの極端に細長い物体で、幅が一番狭いのは先端部分で一〇〇メートルほど、一番太いのは末端部分で五〇〇メートルほどだ。

　ただ、単純に細長い円錐形というわけでもなく、側面はかなり皺が走っているようだった。レーダーによる形状分析でわかるのはこの程度だ。

　いままでのＳＳＸ１などとはまるで異なる形状だが、自然にできたものではなく、どう見ても人工的な存在だ。

　ＡＩはこの物体にＳＳＸ４という識別コードをつけた。これは、機動要塞からの全天サーベイでＳＳＸ１ｂが発見された時に仮符号として与えられていたものだが、それがＳＳＸ１の一部であることが明らかになり、ＳＳＸ４という符号は消滅した。

　だが、ここに新たな人工物らしき存在が発見されたことで、改めて復活したのだ。

　ＳＳＸ１は惑星桜花の周回軌道上にあったが、ＳＳＸ４はそれとはまったく異なる軌道を描いていた。だから全天サーベイではじめて発見できたのだ。

　それは恒星敷島から六天文単位の、離心率の小さな楕円軌道を描いていた。数値分析によると、もともとは円軌道であったものが、ガス惑星桜花の重力の影響で軌道が歪《いびつ》になったと考えられた。

しかし発見が遅れた一番の理由は、その軌道傾斜角にあった。ＳＳＸ４は惑星の軌道面に対して八六度という、ほぼ垂直の軌道をとっていたためだ。

恒星敷島の周囲を概ね一五年弱で一周する。悪いことに惑星の軌道面からは一番離れた領域にあったことも、発見にはマイナスになった。だからＳＳＸ４が発見できたのは、幸運の要素も大きかった。

「レーダー波を受けたことで、ＳＳＸ４に目立った変化はありません。赤外線放射も物体が何らの活動もしていないことを示しています」

船務長の報告に対して、ジャオ艦長はＳＳＸ４への接近を命じた。

ジャオとしては、腕の見せ所でもある。軌道傾斜角が垂直に近い物体への接近は、宇宙船の操艦の中でも難しい采配が要求される。軌道傾斜角の転換はエネルギー消費が激しいため、最適な遷移計画が必要となるのだ。

こればかりはＡＦＤでも調整できない。ＡＦＤで可能なのはあくまでも位置の移動であって、進行方向の変更ではないからだ。

むろんＡＩを使えば瞬時に計算される。だが、艦長が部下に己の技量を示すにも、軌道傾斜角の遷移計画を立案することは重要だった。そういう規則があるわけではないが、それができるかできないかは、艦長の格を示すという暗黙の了解があった。

「航法長と機関長、この計画で進めて」

ジャオ艦長は遷移計画を転送する。AIは自動的にその計画を検証し、問題がなければ何も言わない。つまりAIに文句を言わせない艦長ということだ。

ジャオは若干緊張したが、AIからの改善意見はでなかった。そして駆逐艦マツカゼはSSX4と軌道を合わせる遷移を行った。

「なるほどな」

カメラによる映像が現れて、コン・シュア上級主任はすべてを納得したらしい。しかし、ジャオにはわからない。

映像に現れたものに一番近い形状をいうならば、やはり閉じた傘だろう。レーダーでは表面に皺がよっているような反応があったが、じっさい皺がよっている。金属のメッシュ構造が無造作にまとめられているかのようだ。

「これが何かわかったんですか、主任？」

「わかったよ、艦長。たぶん間違いないと思うんだが、艦長の見立てどおり、これは閉じた傘だよ」

「私をからかってます？」

ジャオが気色《けしき》ばむと、コンは慌てて手を振った。

「気を悪くしたらすまない。からかう意図はないんだ。文字通り、あれを傘だと考えてみてくれ。閉じてあの状態なら、広げれば？」

「あっ、直径六キロのパラボラアンテナですか。ということは、通信施設…… いや、それはないか」

こんどはコンが当惑する。

「艦長、どうしてこれが通信施設ではないと？」

「まず、この巨大アンテナが通信施設として、誰と誰の通信を目的としているんですか？ 仮に桜花と敷島の通信を中継するなら、桜花の軌道前方と後方六〇度の位置（三体問題における五つの平衡解の一つ）に通信衛星をおくのが合理的な配置です。

ですが、これはブライアン司令官が調査して、前方にも後方にも通信衛星は発見できていません。

一番理想的な位置に通信衛星をおかずに、この軌道に設置するのは納得できません」

そう口にしながらジャオ艦長も、SSX4がそれほど単純な存在ではなさそうだとわかってきた。

「艦長がSSX4を設置するとして、どういう利点を考える？」

「それも無茶な質問ですよ、主任。

これが惑星なら、極軌道に探査衛星をおけば、全体を観測できますし、周期を調整すれば、同じ時間に同じ場所を通過するようにも設定できます。

でも、六天文単位離れた場所から恒星を観測するとも思えませんよね。強いて言えば、桜花より内側の惑星を俯瞰して見られるくらいでしょうか」

「それかもしれないな」

コンはジャオの仮説に納得している。

「SSX1は何者かに破壊された。何らかの戦闘があったのは間違いない。だとすれば、敵対勢力の動向を探るために、内惑星系を俯瞰する探査衛星があっても不思議じゃない」

それはジャオ艦長も納得できる話であった。

「つまりこれを調査すれば、敷島星系で何者と何者が対立し、戦争状態に至ったのかがわかりますね」

駆逐艦マツカゼはSSX4から五〇キロほどの距離をおいて、作業艇を発進させた。画像解析によると、SSX4の本体は先端部の三〇〇メートルほどを除けば、非常に華奢《きゃしゃ》な構造だった。

折りたたまれたアンテナも、どうやらプラスチックの薄膜に金属を蒸着させたような構造であったらしい。しかし、数千年の間にプラスチックは劣化して失われ、蒸着させた金属だけが残っている。

当初は、折りたたまれたアンテナを再度展開することも考えられていたが、それは不可能と判断された。展開機構を復旧できても、肝心のアンテナが持たない。

計算では、駆逐艦からの噴射程度でもアンテナは雲散霧消してしまう。なので五〇キロほどの距離を取る必要があったのだ。

前回のＳＳＸ１ｂの調査の経験から、今回は作業艇を二隻準備した。一隻は従来のままだが、もう一隻は与圧モジュールとエアロックを設け、小さな宇宙ステーションとなっている。これにより比較的長期間の調査活動ができるようになったのだ。

作業艇二隻が最初に行ったのは、レーザー測距儀による正確な計測であった。レーザーにより億単位の点が放たれ、その距離を計測することで全体の形状が正確にわかってくる。

「思っていた以上に複雑な形状でした」

コン上級主任は、計測結果を早速ＡＩによりモデル化した。

「あのメッシュ構造が開いて直径六キロのパラボラアンテナになるとばかり思ってましたが、それだけじゃありません。アンテナは三個あります。大きいのがメインで直径六キロ、これとは別に直径一キロのサブアンテナが二個です」

レーザー測距儀による計測では、先端部に三〇〇メートル近いシリンダーがあり、メインアンテナはシリンダーの後方で展開される。

サブアンテナはシリンダーの先端部分で二本のアームが展開されるが、メインアンテナとは方向が異なり、左右に伸びている。つまり全体を上から見れば「Ｔ」字形になる。この二本のアームの先端に、直径一キロのパラボラ状のメッシュアンテナが展開する。

「展開するとなかなか複雑な形状ですが、ヒンジで折りたたむことで、現在の形のように一本の傘に収納できるわけです」

コンは複雑な形状を解析できたことに喜んでいたが、軍人であるジャオ艦長は疑問をいだいた。

「アンテナは観測用と送信用だと思いますが、メインとサブどちらが観測用で、どちらが送信用でしょう」

「まぁ、それは調査が進めば明らかになりますが、何か？」

「主任、メインアンテナとサブアンテナ、このモデルですと、パラボラが向いている方向が九〇度ずれてます。内惑星系を俯瞰して見るのが観測アンテナなら、送信アンテナは九〇度ずれてますから、常に軌道面と平行などこかに送信していることになりますね」

コンはジャオの指摘にハッとした。

「常識で考えると、SSX4が観測あるいは偵察装置として、その結果を報告するとすれば惑星桜花よりも外惑星領域となる。敷島から九天文単位離れた惑星梅花の衛星群だろうか。そこに衛星美和のような形で、文明を維持している勢力がいた。つまり敷島を追い出されたゴートは惑星桜花に文明を築いた勢力と、梅花に築いた勢力にわかれ、この対立がSSX4の建設やSSX1の破壊につながったわけか」

「コン・シュア上級主任、それは論理の飛躍です。梅花に文明が存在した証拠がどこにあるんです！　いまはＳＳＸ４だけを考えてください」

　ジャオ艦長はそう言ったものの、惑星梅花の衛星が気にはなっていた。桜花ほどでないが梅花も巨大ガス惑星で、大型衛星が二つある。文明の存在はまったく観測されていないが、調査する価値はジャオも否定しない。

ただ現状では敷島と美和の調査で手一杯で、梅花までは手が回らないのが現実だ。レーザー測距儀での計測が完了し、調査は次の段階に入った。アンテナの先端部にある全長三〇〇メートルほどのシリンダーの調査だ。

　さすがに二重三重にメッシュアンテナで囲われていると、シリンダーの正確な形状はわからない。

　メッシュアンテナを崩壊させる可能性があるとの意見から、有人探査の前にドローンによる調査が行われることとなった。機動要塞側も、この吹けば飛ぶようなメッシュアンテナの残骸については、可能な限り現状保存という意見と、本体調査こそ優先されるべきで傷もやむなしという意見に分かれていた。

　最終的にはバーキン司令官の裁定によるが、彼女はまずドローンによる調査を命じた。

　メッシュアンテナへの対処はそれで判断するという。

　複数のドローンがメッシュアンテナを破壊しないように、ＳＳＸ４の表面に付着し、その状態で計測しながら前進する。そうして丸一日を費やして、SSX4の本体とも言える先端部分の計測が完了した。

それによると、メッシュアンテナをのぞいたSSX4の本体は、二基の爆縮型核融合と思われるエンジンを搭載した全長二五〇メートルの宇宙船であり、それを中核として、通信設備のモジュールが追加されていた。

＊

「緊急に帰還した理由は何？」

バーキン大江司令官は、自分の執務室をアポイント無しで訪ねてきた、コン・シュア上級主任とジャオ・スタン艦長を訝《いぶか》しんでいた。

話がSSX4に関することは理解できたが、現地に調査チームの人間を残したまま駆逐艦で戻ってきたというのは、必ずしも規則違反ではないが、通常では考えにくい。

ましてや軌道面に垂直なSSX4に、宇宙船の軌道を合わせるのは容易ではない。にもかかわらず戻って来た理由は何か？

「危機管理委員会案件と判断し、まず手順を踏んで司令官に報告にあがりました」

コンはそう説明すると、SSX4の本体の形状を表示する。

「SSX4はサブアンテナを軌道面にむけ、内惑星系の電波情報を傍受するだけでなく、本体に追加されたカメラにより、敷島星系内の活動を記録するようになっています。おそらくは宇宙インフラや宇宙船の活動などでしょう。

ただ、SSX4は偵察衛星としては最適化された設計ではなく、ありあわせの材料で作り上げたと信じられる証拠があります」

コンは映像を操作する。それはサブアンテナを惑星の軌道面に向けたSSX4の動きだ。メインアンテナは常に一方に向けられて敷島の周回軌道に乗っているが、サブアンテナは軌道上の位置の変化に合わせて旋回している。

「最初、SSX4は、惑星桜花よりも内惑星系の情報を、惑星梅花に送る偵察衛星かと考えました。

しかし、可動部の機構や梅花の軌道運行を改めて解析したところ、梅花とSSX4の通信のやり取りは、ほぼありえないことがわかりました。

SSX4の可動部が少なく構造が華奢なので、頻繁な方位の変更にも対応できない。少なくともメインアンテナは、特定方向にだけ向き続けるように作られています」

バーキンは惑星軌道とSSX4の軌道を見る。惑星は目まぐるしく位置を変えるが、SSX4のメインアンテナはその向きを微動だにしない。つまりどの惑星にも向けられていない。

「どこに情報を送っているの？」

コンが画像を再び動かす。縮尺はかなりでたらめだが、位置関係は明らかだった。

ＳＳＸ４のアンテナは、惑星の軌道面が敷島星系とほぼ垂直な二つの星系、壱岐と出雲を向いている。

「これは敷島文明が太古に、出雲や壱岐に通信を送っていたということなの？」

バーキンはなんとなく胸騒ぎがした。

「ＳＳＸ４がアンテナを向けていた正確な方位は不明ですが、おそらくは出雲に向かっていた人類の播種船へ、敷島のデータを送っていたのではないかと考えられます」

「ちょっと待って、それはどういうことなの？　太古の敷島文明と播種船は何らかのコンタクトをとっていたということ？　播種船の接近を察知してメッセージを送っていたとか？」

バーキンの質問にコン・シュアは答える。

「播種船は亜光速で移動していたので、敷島文明がその存在を察知できた可能性は極めて低いと思われます」

「なら……」

コンはＳＳＸ４の映像に別の映像を並べる。出雲星系で発見された播種船の減速装置だ。

「ＳＳＸ４のコアとなる宇宙船ですが、これは出雲で発見された減速装置を一部とする宇宙船と同一のものです。事実、ＳＳＸ４から人類の文字を確認できました」

「つまりこういうこと？

播種船は敷島星系の異変を察知して、そこでの植民は諦めた。しかし、文明の存在を認めたので、AIが監視用の衛星だけを敷島星系に残した」

確かにこれは、危機管理委員会に報告すべき事実だろう。だがコンの報告はそれだけではなかった。

「おそらくバーキン司令官の解釈で間違いないと思います。アンテナを構成する部材は、出雲で発見された減速装置の構造材と同じものでした。AIにはそうした事態への対応もプログラムされていたのでしょう。

ただ、これだけなら私も、ジャオ艦長にお願いして緊急には帰還しません」

「これ以上、重要な発見があったというの？」

コンは頷く。

「出雲の減速装置には八隻の宇宙船が連結され、1から8までの番号が振られ、船体にもその番号が表記されていました。

SSX4にも同様の番号が振られています。その数は48です」

「48……四八隻目？」

「そうなります。出雲には八隻しか到達しておらず、敷島に四八隻目があるとしたら、残り三九隻はいったいどこにいるのでしょう？」

8 粛清艦隊

一〇隻の巡洋艦と、それが搭載していた八〇機の戦闘機により奇襲され、ガイナス拠点が破壊された事件は、壱岐方面艦隊はもちろん、危機管理委員会にも衝撃をもたらした。

すでにタオ迫水議長は烏丸三樹夫司令官より、五賢帝がガイナスの意思決定に関して実権を失っている可能性を知らされていた。このためタオ以外の委員は控えめに言っても途方にくれていた。

なぜなら、五賢帝との交渉により、ガイナスと人類の関係正常化を目指していたのに、その交渉相手には、ガイナスを動かす力がないという。

それに追い打ちをかけるように、ガイナス自身による拠点の破壊と五賢帝の消滅（多くの委員が死去という表現を嫌っていた）という事態が起こる。

すぐに危機管理委員会の緊急秘密会が開かれることとなった。それは惑星壱岐ではなく、その軌道上に停泊している客船アンダニアの船内で開かれることとなった。

各星系政府代表委員はすでに揃っていたが、壱岐標準時の深夜、アンダニアに巡洋艦ニイタカがひっそりと接舷した。船長とごく一部の船員を除けば、その事実に気がついたものはいなかった。

ニイタカからは壱岐方面艦隊水神魁吾司令長官と火伏礼二兵站監が、随員も伴わず移乗する。方面艦隊の旗艦は巡洋艦ナカであったが、ニイタカを用いたのもタオ議長がこの会談を気取《けど》られたくなかったためだ。

このため水神と火伏も軍服ではなく、執政官室の職員という地味なスーツ姿で乗り込んでいた。それもタオの指示である。二人はアンダニアには何度か招かれているので、タオの執務室もわかっていた。

「わざわざ呼びつける形になって申し訳ない。とりあえず食事でも摂りながら話そうではないか」

タオは水神と火伏に席を勧めた。すでにテーブルには食事が用意されている。身内の食事会のような雰囲気だ。

それはタオにできる範囲での二人への慰労であり、謝罪の意味もある。

水神も火伏も危機管理委員会のメンバーではないため、会議には出席できない。委員会が必要と認めたときにのみ、参考人として召致されるだけだ。

ただ明日の会議は緊急の秘密会なので、二人が参考人としても呼ばれることはない。数時間後には二人は再び宇宙船で戻らねばならない。

タオと会うためだけに、二人は多忙な中で時間を作って現れた。それを当然のことだと思えるほどタオは傲慢な人間ではなかった。彼が自分の属する名門閥に馴染めないのもこのためだ。

「君たちの一分一秒は宝石よりも貴重だ。だからつまらぬ社交辞令は互いになしにしよう。単刀直入に尋ねるが、五賢帝亡き後、軍人としてどうするべきと考えているのか？」

タオはそう言いつつ、二人の食事の様子を見ている。食事の仕方で、その人物がどんな育ちをして、どんな性格なのか、だいたいわかる。何より、心理状態が如実に出るのだ。

彼が食事を用意したのには、慰労や謝罪だけでなく、そうした意味もある。これは矛盾した行動ではない。前者はタオ迫水個人の気持ちだが、後者は議長職としての立場だ。

軍の最高幹部が現下の状況に動揺しているのか、していないのか。彼らの発言の真意を評価する上で、これは必要なことなのだ。

そして二人の様子を見る限り、精神的な動揺は認められない。タオは軍人たちが平静なことにまずは安堵した。

「議長、それはあくまでも、軍人としての合理性だけの判断で回答せよと、解釈してよろしいでしょうか？」

そう尋ねてきたのは火伏だった。たいてい水神に話させてから、その発言を補足するのが火伏のスタイルと思っていただけに、彼が口火を切ったことはタオには意外だった。

「そう解釈してもらっても構わないが」

「議論としてならば、それがガイナスとの絶滅戦争が不可避というような結論であったとしても？」

火伏は挑むようにそう問いかけてきた。通常なら、こうした物言いは無礼とされるだろう。

しかし、タオには火伏の真意が、タオの覚悟を問うているのだとわかった。絶滅戦争を論じるとしても、そこまでの発言の自由を認めるかと。

「君らの議論に掣肘《せいちゅう》を加えるつもりはない。意思決定の責任は危機管理委員会にある」

「まず、絶滅戦争には至らない。小職はそう考えています。というよりも、事態をそこまで悪化させたなら、それは軍人の失敗です」

火伏が自分と同じ問題意識を持っていてくれたことに、タオは安心した。

「兵站監の視点で絶滅戦争に至らないという根拠は何だね？」

「烏丸仮説によればガイナスは危機的状況に置かれ、人類との交渉で事態が打開できると判断した場合、人類とのコミュニケーションツールとして五賢帝のような集合知性を作ると考えられるからです」

タオも烏丸仮説の報告は受けていた。だが、同時にそれに対する疑問もあった。

「しかし、五賢帝は粛清された。同じことが繰り返されては意味がないのではないか？　そもそも粛清された理由も不明ではないか」

「議長のおっしゃる疑問は当然です。ですが、粛清の問題はさほど重要ではありません」

「重要ではないだと、どういうことだね、兵站監？」

「ガイナスの選択肢は武力行使と話し合いのいずれかです。だが、武力で勝ち目がないとすれば、彼らには交渉以外の選択肢はないんです。

紆余曲折は続くかもしれません。しかし、ガイナスは最終的に交渉役としての集合知性を用意せざるを得ないんです」

「要するに、話のわかるやつが現れるまで、握った拳は降ろさないということか」

火伏の分析は、必ずしもタオの疑問を納得させるものではなかった。

「方面艦隊の戦力がガイナスより勝るという前提で火伏君は話しているようだが、例えば第三九〇警備隊は、旧式とはいえ巡洋艦二隻を擁する部隊にもかかわらず全滅してしまった。

巡洋艦ニイタカがガイナスの巡洋艦を撃破したとはいえ、我々がガイナスを圧倒するというのは、少し楽観過ぎないかね？」

それに返答したのは水神だった。どうやら二人も、こうした話になることは予想していたらしい。

「個別の戦闘に関しては、こちらが負けることもありえます。ですが、戦略レベルで考えるなら、ガイナスより我々が有利です。

その根拠は、確保している資源量にあります」

「それは第二拠点の話かね？　しかし方面艦隊は、第二拠点の所在をいまだに発見していないだろう。なのになぜ資源量で勝ると言えるのだね？」

「単純な話です。ガイナスが第二拠点をどこに建設したにせよ、壱岐星系外縁部の小惑星の総量は、ごく限られています。そして小惑星として巨大だったとしても、惑星と比較すれば、取るに足らない大きさです。

いっぽう我々は、壱岐は言うに及ばず出雲や他の星系からの支援が受けられる。ガイナスが天涯から確保した海水や有機物にしたところで、その一〇〇倍の量を我々は壱岐から調達できる。

物量では我々が圧倒的に優位にあります。ですから個別の戦闘で紆余曲折があったとしても、最終的に我々がガイナスを圧倒するのは間違いありません」

タオはその話のあまりの単純さに、自分は何を悩んでいたのか、それが不思議に思えた。同時に先の展開は不明ながらも戦略的には道筋が見えてきた。それでも若干の疑問は残る。

「ガイナスは第二拠点に主軸を移すとともに、拠点を破壊した。このことはどう判断すべきだと思うね？」

「それはわかりません」

水神は率直にそれを認めた。

「何らかの権力闘争にも見えますが、それは人間的な解釈であり、ガイナスの意図がそうであるのかまではわかりません。

ただ、ガイナスにとってもっとも避けるべきは、拠点が人類の手に落ちることです。そして彼らの視点では、その可能性は無視できなかった。

先ほどの議長の質問ですが、烏丸司令官による仮説の続きがあります。それによれば、拠点が破壊されたのは、拠点の獣知性が第二拠点と異なる意思決定をすることを阻止しようとした」

「異なる意思決定とは？」

「誤解を恐れずに言うならば、人類への投降です」

「投降だと！」

タオは思わず叫んでいた。それこそが危機管理委員会が望んでいたガイナスからの反応だったからだ。

「第二拠点のガイナスが武力の行使を躊躇《ためら》わないのに、なぜ拠点だけ投降するのだ？」

「環境の違いです。破壊されたガイナス拠点の調査は、中心部にあった小惑星でのみ行われております。

そこで多数のガイナス兵が発見されましたが、驚くべきことに、どれもが著しい栄養失調に陥っていました。五賢帝を維持することは、封鎖状態の拠点にとって、かなりの負担であったようです」

水神の話はタオにとって、予想もしない事実だった。

「だとすると、拠点が破壊される前に氷宇宙船がやってきたというのは？」

「ガイナスの意図となると推測しかできませんが、結論を言えば時間稼ぎと思われます」

「時間稼ぎ？」

困惑するタオに水神は説明を続けた。

「ここからは憶測になりますが、拠点の獣知性は第二拠点に資源の提供を要求し、要求に応じない場合は、五賢帝を介して、第二拠点の情報を人類に提供すると伝えたのでしょう」

「恫喝か」

タオの言葉に、水神は一瞬表情を変えたが、すぐに話を続けた。

「第二拠点にとっては人類への情報提供は容認し難い決断ですから、時間稼ぎのために資源を送った。拠点の獣知性は、第二拠点からの資源調達が為されると考えた。これで人類への交渉は為されず、時間が稼げるわけです。

だが、獣知性もまた集合知性と同じ構造ですから、やはり嘘がつけない。だから拠点からの問い合わせに返答ができない。ここで両者の間に明確な情報の断絶が起きた。第二拠点の資源量や生産力について報告がないために、拠点は不正確な情報で行動することを余儀なくされた。

拠点は資源を手に入れたつもりでしたが、第二拠点はすでに何も告げずに拠点へ攻撃部隊を送り出していた」

あまりの話に言葉もないタオに向かって、水神は続ける。

「拠点封鎖を突破した大型宇宙船は六隻。第二拠点建設のための多数の機械類を搭載していたと推測されますから、獣知性も意思決定能力は限定的だったはずです。なので、五賢帝あるいは拠点の獣知性の意思に彼らは従順だった。

だが第二拠点の豊富な資源の中で、ガイナス兵もしくはガイナスニューロンの増産に成功した獣知性は、自分たちこそがガイナスの主導権を握るのが合理的と判断し、決定した。

重要なのは、五賢帝あるいは拠点の獣知性も、第二拠点の意図を察知したこと。

さらに第二拠点の観点でみて、彼らが拠点を支えるメリットは何もないという結論に達した。それどころか、人類に寝返った場合には明らかにデメリットがある。結論は拠点の破壊となる。

これが烏丸司令官の仮説であり、艦隊司令部もこれを支持しております」

仮説とはいえ、タオにとっては驚くべき内容である。ただ腑に落ちる部分も多かった。

彼の認識では、ガイナスの行動は、徹頭徹尾、利得の追求に見えた。

そんな相手であればこそ、維持するのが不利益どころか有害となれば、利用価値のない拠点の破壊に躊躇しない。そこには計算はあっても情はない。

「それで司令長官、烏丸理論が正しいとして、方面艦隊はどう動くつもりだね？」

タオのその問は、そのまま明日の会議で委員たちからなされるはずの質問であった。

「具体的な作戦計画は状況次第ですが、原則は単純です。第二拠点を発見し、その交通を遮断する。そうすれば彼らは人類との戦闘よりも、交渉により資源入手を行うことが賢明との結論に至るはずです。

この段階で、再び集合知性を構築する。一言でいえば、交渉が最も有利であるという状況を作り出すことと、それをガイナスに認識させることです」

「私は執政官で、軍事の素人だ。しかし、逐次兵力投入が愚策である程度のことは理解している。

早急な第二拠点の交通破壊が人類の利益につながるのであれば、艦隊戦力の拡充も必要ではないか？」

それに返答したのは、意外にも水神ではなく火伏だった。

「兵力量の見積もりについては、現時点では立てられません。ガイナスの所在や戦力がわからねば、どれだけの艦隊戦力が必要かもわかりません。

まずなすべきは、兵力を惜しまない威力偵察でしょう。戦力見積もりはその後の作業になります」

「概算くらい出ないのかね、兵站監？」

それもまた明日の会議で委員から出される質問だろう。戦費負担について批判的な委員は少なくない。出雲と壱岐の委員を除けば、戦費の縮小か、少なくとも現状維持派ばかりだ。

「概算で言うなら、現有戦力で足りるはずです。壱岐方面艦隊はAFD搭載軍艦だけで、すでに一〇〇隻を超えています。これは無視できない戦力です。

逆に、これ以上の大規模な戦力投入は、壱岐の兵站補給能力を疲弊させかねない。数を増やして稼働率を下げるなど馬鹿げています」

「新しい状況になっても、現状で対応できるわけか。だが議長として確認したいのだが、艦隊の緊急的な増援が必要になった場合、壱岐にそれを支えられる余裕はあるのかね？」

「それは兵力量と駐留期間によります。物量の話ですので。例えば他星系からの支援を受けるとしても、港湾施設の能力や輸送船の船腹量がボトルネックとなります」

具体的な戦力量を出すことは流石《さすが》にタオにもできなかったが、それは他の委員も同様だろう。

「とりあえず現有の五割増で半年間ならどうかな？」

それはタオの勘による数字だったが、これ以上の戦力が必要なら戦略は根本的に建て直さねばならないだろう。

「壱岐の民間企業の協力が得られるなら、可能です。例の壱岐産業管理協会の活用が鍵でしょう」

「産業管理協会か」

タオがその団体の名前を口にする時は、どんな顔をすべきかわからないことがある。

それは、一大工業地帯であるヤンタンの企業家を中心に組織した、壱岐全域にまたがる団体だ。ガイナスとの戦闘状態という環境の中で、壱岐の工業施設を方面艦隊が接収するようなことを避けるために設立された。

もっとも産業管理協会が設立されるまでには、火伏兵站監の暗殺未遂や安久《やすひさ》ホールディングスの後継者争いなど紆余曲折もあった。そして結果をいえば、この協会の会長はタオの妻であるクーリア迫水その人であった。

産業管理協会自体は、壱岐の主権と艦隊への協力という、ある部分、矛盾する問題の解決策としては最善とタオも考えていた。ただその組織のトップが妻というのは、筆頭執政官としては利益相反を疑われる恐れがある。しかも、クーリアなら最善の判断を下せると信じられるから、問題は難しい。

結局、この問題での妥協策は、クーリアとは当面別居することだった。

この点では目の前にいる火伏兵站監も同様だろう。何しろ壱岐産業管理協会で、出雲星系側からの技術指導を統括するのが火伏の妻の朽綱《くちつな》八重だからだ。彼の場合も妻とは別居だと聞いている。

「話はわかった。民間の協力もあれば、我々はいまの状況に恐れることはないのだな」

それに対する水神の返事は、短いが辛辣だった。

「艦隊は戦略を決める立場にありません。危機管理委員会の戦略に従って動くだけです。ただ委員会には多くの選択肢を与えられると理解しております」

だが事態の進展は、人類の予想を越えていた。

＊

「本隊の右翼が第二二戦隊、左翼が第二三戦隊か」

シャロン紫檀《しだん》旅団長の視界の中には、自身の乗艦する重巡洋艦スカイドラゴンを中心に半径五天文単位の状況が表示されていた。部隊の進行方向に、直径一天文単位の赤い球体として表示される領域があった。

「あの中に第二拠点があるわけか」

降下猟兵を率いてきたシャロンだが、今回の任務が、旅団の艦艇部隊である制空隊だけで完結したことに内心安堵していた。

艦隊戦であれば、不利になったら制空隊は退却すればいい。ここにいるのはすべてAFD搭載艦だ。

しかし、降下猟兵による要塞攻略戦ではそうはいかない。勝てるとしても、多大な犠牲は避けられないし、負けた場合は退却そのものが難事業だ。

自らの手腕で降下猟兵を旅団規模に育て上げ、その存在感を高めてきたシャロンだが、本音をいえば、地上戦が避けられるに越したことはなかったのだ。

スカイドラゴンの周辺には降下猟兵旅団制空隊の艦艇が六隻あった。巡洋艦リミエ、駆逐艦シノノメ、タチバナの三隻よりなるリミエ隊と、巡洋艦テグ、駆逐艦アキグモ、リオンよりなるテグ隊である。

この制空隊七隻から〇・一天文単位離れた領域に、第二二戦隊、第二三戦隊の合計一八隻の軍艦が展開していた。制空隊と合わせれば、二五隻の軍艦である。

ただし、この三つの部隊は独立して活動していた。

「艦長、データリンクに問題は？」

シャロンはスカイドラゴンのファン・チェジュ艦長に確認する。一つの部隊としては活動していないものの、他の二つの戦隊とは情報共有はしている。

領域の恒星風データの観測結果もそうした情報の一つだ。このデータを基礎とすることで、ガイナス巡洋艦のステルス技術を無効化することができる。

特にスカイドラゴンは、通常の巡洋艦よりも数倍高性能なスーパーコンピュータを搭載していた。このためスカイドラゴンで割り出した分析結果は他の部隊でも共有された。これでかなり広範囲にガイナス巡洋艦の動きが把握できる。

「すべて順調です、旅団長」

ファン艦長が配属されるにあたっては、烏丸司令官の働きかけがあったという。彼女は電子戦の専門家だった。一時期まで烏丸プロジェクトのスタッフで、五賢帝とのコンタクトにも関わっていた。

「第二拠点は見つかるでしょうか、旅団長？」

旅団長附のマイザー・マイア少尉が尋ねる。

「見つかるかではない、見つけるのだ」

シャロンの言葉にマイアは驚いた表情を見せた。旅団長である自分が、そんな精神論めいたことを口にしたためだろう。

「ガイナスは急速に第二拠点を拡充している。それは驚異的な生産力からも明らかだ。ならば大量のエネルギーが消費される。

ガイナスのステルス技術がいかに高度であっても、ノイズの隠蔽には限度がある。ならばそれを探せば良い。それほど難しい話ではあるまい」

そうは言ってみたものの、シャロンも「発見しなければならない」という義務感は確かに感じている。それは恐れでもある。スカイドラゴンのような高度な情報分析能力をもった軍艦でさえ、第二拠点を発見できないとしたら、何人《なんぴと》も発見することはできないだろう。

「まぁ、旅団長は幸運の持ち主ですからね、見つかりますよ」

「人の話を聞いてるのか、旅団長附？　誰が幸運の話をした？　そもそも小職の何が幸運だと言うんだ？」

「僕が旅団長附だなんて、幸運だとは思いませんか？」

「そんな貴様を殴らない旅団長である幸運を嚙み締めろ」

ガイナスの第二拠点は、最初の拠点より四〇天文単位、禍露棲からは七〇天文単位離れた領域と考えられていた。作図上はこれだけの情報から、第二拠点はすぐに絞り込まれるように見える。

だが、具体的に領域を絞り込むとなれば、話が違う。電波通信の反応時間などから推測した数値だけに、誤差も大きい。誤差が一天文単位でも、探査すべき領域はとてつもなく拡大してしまう。

直径一億五千万キロの領域から、拠点となりそうな一キロ、二キロという大きさの小惑星を探し出さねばならないのだ。

敷島星系で、捜索中隊の支援にあたっていた降下猟兵旅団のシャロン紫檀旅団長は、突然、制空隊七隻で第二拠点の威力偵察任務に就くよう命じられた。

ガイナスによる拠点破壊で、第二拠点からの武力侵攻の可能性が高いからとのことだ。

武力侵攻が近いという分析にはシャロン旅団長は必ずしも同意できなかったが、ガイナス内部に大きな動きが起きている状況では、それに備えるという判断は理解できた。

こうして第二二戦隊と二三戦隊を合わせて二五隻の軍艦が、ガイナスの第二拠点を特定するため出動していたのであった。


「電磁パルス弾の状態は正常。一分後に起爆します」

スカイドラゴンの戦術AIが告げる。すでに他の二四隻の軍艦は上下左右に散開し、電磁パルス弾の起爆に備えていた。

電磁パルス弾のじっさいの制御を行うのはスカイドラゴンの乗員たちだ。艦長のファン・チェジュ大佐がすべての采配を振るっている。

「これを本当に使うとは思いませんでしたね」

ファン艦長はカウントダウンの数値を見ながら、シャロンに告げる。

「ほぼ試作品みたいな兵器ですからね。旅団にもこの一発しかない。だから失敗は許されない。ファン艦長でなければ任せないわよ」

「展開してからプレッシャーをかけないでください」

じっさい、いまさらファン艦長にできることはない。電磁パルス弾に中止コマンドを送ったとしても、電波が届く頃には信管は起爆している。

電磁パルス弾は一種のレーダーであった。これは非常に緻密に設計された核融合爆弾である。核融合が起こると広範囲にX線パルスを照射する。このX線が周辺の小惑星や宇宙船に当たって反射したとき、その正確な大きさや位置がわかるのだ。

レーダーの分解能は波長と投入エネルギーに依存するから核融合爆弾を用いるのだが、原理的に電波の照射は一度だけだ。

レーダーの分解能を決める要素には受信アンテナの大きさもあるが、広範囲に展開した二五隻の軍艦が一つの巨大アンテナとなり、電磁パルス弾による反射波を効率的に受信する。

恒星壱岐から六〇天文単位以上離れたこの領域では、小惑星密度も低いため第二拠点の候補地を絞り込むのは容易と思われた。

実を言えば電磁パルス弾は、ガイナスが先に開発していた。準惑星天涯の戦闘が始まる前に、ガイナスは壱岐の内惑星領域に巨大な核融合爆弾を起爆させ、星系内のデータを集めていた。

同じことをコンソーシアム艦隊も考え、この電磁パルス弾として結実したのだ。ただ実戦での運用は今回が初めてであった。

これがあるなら小型探査衛星群を展開する意味はないという意見はあったが、シャロンはそれが間違いであると考えていた。

電磁パルス弾の有効範囲はそれほど広くない。小型探査衛星群のデータにより領域を絞り込めたからこそ、この爆弾が有効活用できるのだ。

シャロン旅団長がこの電磁パルス弾に期待したのは、第二拠点近くの領域で使用することにより、ガイナス側の行動を誘発する意図もあった。相手が動くことは、相手の情報が手に入ることを意味するのだ。

「電磁パルス弾、起爆時間です」

カウントダウンの数字がゼロになると同時に、戦術AIは抑揚のない声で報告する。起爆を確認できたのは、それから一分ほど後のことであり、さらに数分後にX線の反射波が二五隻の軍艦でそれぞれ受信された。

各軍艦で傍受したデータはすべて、スカイドラゴンのスパコンで一括分析されることとなっていた。それが最短で分析結果がわかるからだ。

「旅団長、結果が出ました」

ファン艦長が神妙な面持ちでシャロンに報告する。

「惑星軌道面から傾斜角がプラス・マイナス一五度の範囲の軌道にある、最大長一〇キロ以上の小惑星は三五七六個です。そのなかのどれかにガイナスは拠点を構築しています」

シャロンは最初、何かの冗談かと思ったが、むろん冗談なはずもない。

「星系外縁のこのあたりなら、多くても一〇〇〇個あるかどうかと思っていたけど、四〇〇〇弱もあるの？」

「ガイナスがこの領域に第二拠点を構築しようとしたのは、微小天体の密度が高いからかもしれません」

「なるほど、その可能性もあるか」

シャロンが納得したからか、ファン艦長は詳細データを表示する。探査領域の小惑星は予想以上に数が多いだけでなく、大型のものも揃っていた。最大長一〇〇キロを超える大きさの小惑星だけでも三七個もあった。

もっともこの四〇〇〇弱の小惑星を一つに集めても、惑星壱岐の総質量の一パーセントにも満たないが。

「ありがとう、艦長。この分析結果はすぐにデータリンクに載せて」

「わかりました。それで旅団長、どう進めます？」

ファンの疑問は当然のものだったが、シャロンにとっては悩ましい問題だ。候補が四〇〇〇弱もあるならば、非効率な探査はできない。

出雲にせよ壱岐にせよ、星系外縁の小惑星分布について詳細なカタログなど作成していない。それだけに探査計画の立案は手探りで行うことになる。

「まず彗星と思われるものは、優先順位を下げる。天涯からの氷と有機物が手に入るなら、あえて彗星に手を出すことはない」

ファンはすぐにAIにその指示を伝えたが、リストはさほど短くならなかった。そこでシャロンは旅団長附のマイアに意見を求めた。

「そもそも、星系外縁のこんな領域で、通常の数倍も天体が多い理由はなんです？　偶然ですかね」

そう言いながらマイアは、電磁パルス弾のデータをファン艦長とは別の視点から解析する。立体映像で四〇〇〇個弱の小惑星の軌道が表示される。そしてその軌道の七割が赤い線で強調される。

「これはなんだ、旅団長附？」

「軌道が比較的似ているグループをまとめました。厳密にはこの赤く表示される軌道も二群に分けられますが」

それを聞いてシャロンもピンときた。

「太古に比較的大型の天体が衝突し、砕け散った破片が漂っている。そういうことか？」

「正面衝突ではなく、比較的似た軌道の微惑星のような天体が低速度で衝突し、砕けたものの破片は飛び散らずに、元の微惑星に近い軌道を描いている。

そう考えると、この領域の小惑星分布が目立って多い理由は説明できます。本来なら直径一〇〇〇キロに満たない微惑星がこの領域に存在していたわけです」

「旅団長附、その微惑星の衝突は再現可能か？」

「旅団長、さすがにそれは無理です。目の前にある料理がビーフシチューなのかハッシュドビーフなのかの区別ができるからといって、材料になった牛がどんな種であるかなどわからないでしょ？」

「その喩えの意味が自分にはわからないが、ともかく無理なのだな」

シャロンとしては元の微惑星衝突の詳細がわかるなら、破片の展開具合により、ガイナスが資源的価値が高いと考える小惑星の分布もわかるのではないかと考えたからだ。

その考えを読んだかのようにマイアは答える。

「小惑星が互いの重力で引き合い衝突することを繰り返して、天体は成長して微惑星になりますが、一〇〇〇キロ程度の微惑星なら、自身の重力により内部の溶融した金属成分などが分離します。だから重要金属の多い破片を割り出せば十分でしょう。

幸いにも電磁パルス弾はX線を利用しているので、放出された電子を計測すればある程度は組成もわかります。各艦で計測された反射波の中には、その時のデータも含まれています。解析可能です」

「できるか？」

「もちろん、本艦のスパコンさえあれば」

「なら、解析してくれ」

シャロンの命令に、マイアは敬礼し、了解したことを示す。そして言う。

「旅団長、僕がここにいる幸運を嚙みしめてください」

「よかろう、ただし、それだけ大口を叩いて解析できなかったなら、貴様はこの旅団司令部にいる不幸を嚙みしめることになるぞ」

そしてシャロンは、マイアがいた幸運を嚙みしめることになる。

降下猟兵旅団の制空隊と二つの戦隊からなる二五隻の部隊は、小惑星GA70へと接近していた。GA70とはこの場で割り振った符号である。ガイナスの拠点の可能性がある小惑星で、大きい順に七〇番目という意味だ。

GA70には、二五隻の軍艦が包囲戦を意識した布陣で、三方向からゆっくりと接近していた。

正面から接近しているのは重巡洋艦スカイドラゴンだ。センシング能力がもっとも高く、さらにX線自由電子レーザーを主砲としているのは本艦だけだからだ。

「最大の小惑星ではなく、大きさでは七〇番目のこれが、もっとも第二拠点の可能性が高いのか」

シャロンには、その結果はにわかには信じ難いものだった。普通に考えるなら、最大の小惑星を拠点にするだろうから。

GA70の形状はレーダーにより、かなりはっきりわかってきた。差し渡し五〇キロ、幅二〇キロ、厚さ三〇キロの箱型の小惑星だ。

「X線分光の結果では、タングステンの含有量が非常に高い小惑星はこれだけです。戦闘を意識しているならタングステンは不可欠です。工作機械の材料にもなりますし、烏丸司令官が破壊したガイナス巡洋艦も、核融合炉などにはタングステン合金が大量に使われていたそうです」

マイアはその根拠を説明する。

「ならば、タングステンの入手先を探すのが一番の近道ということか」

部隊が接近するにつれて、徐々に人工的なノイズが捕捉され始めた。

「マイア少尉、貴様を旅団長附にしたのは幸運であったようだな」

「運も実力といいますからね」

「すぐ図に乗るのが欠点ではあるがな」

GA70まで〇・一天文単位まで迫った時点で、シャロンは他の戦隊司令官にこの先の展開について意見を求めた。第二三戦隊のゲンドルフ斉藤《さいとう》司令官が各部隊指揮官の三人の少将のなかでは最先任であった。

だがゲンドルフ司令官の提案はシャロン旅団長にとっては意外なものだった。

「降下猟兵旅団のスカイドラゴンが最高の情報処理能力を有することに鑑み、第二三戦隊はその指示に従う用意がある」

それは第二三戦隊はシャロンの指揮下に入ると言っているに等しい。ゲンドルフの判断のためか、第二二戦隊のマイケル・ペイリン司令官も同様の返答を寄越した。

指揮官として自分のほうがゲンドルフやペイリンより優秀かどうかはわからない。昇進だけは異例の速さではあるが、それもこれもガイナスとの戦闘という状況がそうさせたに過ぎないと、彼女自身は考えていた。

仮にシャロンのほうが優秀だったとしても、それを理由に先任者にもかかわらず、新参者の指揮下に入ると決断することは容易ではない。自分ならできないのではないかとさえ、シャロンは思うのだ。

シャロン旅団長は二人の先任少将の懐の深さに感謝の意を伝えるとともに、責任の重さも感じた。

「我々は威力偵察を命じられている。したがって情報収集を最優先するが、必要以上の戦闘は回避するつもりである。以上、各戦隊、了解していただきたい」

天涯で白兵戦を演じた中隊長時代なら、危険を顧みず突っ込んでゆくようなこともできた。しかし、自分の部下が旅団規模になったいま、シャロンにとって部下の安全はかつてないほど重要になった。自分は安全な場所にいて、部下だけが必要以上に危険に身を晒《さら》すようなことが我慢できないからである。

第二および二三戦隊司令部からは、シャロンの指示に従う旨の返信が届いた。

「仕掛けてゆくんですか、旅団長？」

マイア少尉が言いたいことはわかる。威力偵察なのだから、敵の本拠に攻撃を仕掛けようということだ。となればGA70への接近しかない。

いまのところガイナスの探査衛星の類《たぐい》とは遭遇していない。大型衛星は電磁パルス弾の反射でも確認されず、艦のレーザーレーダーでも発見されていないから、存在していないと解釈してよいだろう。

自分たちが展開したような小型探査衛星なら発見は難しいが、逆にそれなら電磁パルス弾で破壊されているはずだ。

だから第二拠点から自分たちの現在位置が特定されてはいないだろう。しかし、爆弾を起爆させたからには、自分たちが近くにいることは、ガイナスにも十分伝わっているはずだ。

「仕掛けるとしたら、我々が先鋒にならざるを得ないだろうな」

「スカイドラゴンが一番強い軍艦だからですか？」

そんなマイアにシャロンは言う。

「貴様は幸運の持ち主だと言ったばかりではないか。ならば最前線に出ても敵弾は当たるまい」

状況に変化がないため、シャロンは全部隊をさらに〇・〇五天文単位だけGA70に向けて前進させた。電波信号なら二五秒で到達する距離だ。

しかし、異変はこの時、起こった。ファン艦長が戦術AIの分析結果を報告する。

「マルクスより通信が入っています。至急、救援を乞う」

シャロンはマルクスが何者なのか、咄嗟《とっさ》にはわからなかった。それが何者か思い当たったときも、にわかには信じられなかった。ガイナス拠点の集合知性、五賢帝の代表であるマルクスは、拠点の破壊とともに消えたはず。

重巡洋艦スカイドラゴンは烏丸司令官のクラマとほぼ同等の性能を持つ。それもあって、今回の威力偵察には、五賢帝とのコミュニケーションで構築したデータベースが搭載されていた。

だから、もしもこの作戦にスカイドラゴンが参加していなければ、ガイナスからのこの通信は解読できていなかっただろう。相互のやり取りは特殊なプロトコルで行われていたためだ。

予測不能の事態に何度も遭遇してきたシャロンであったが、さすがにこの状況だけは想像すらできなかった。

シャロンも烏丸司令官と五賢帝とのやり取りについては、そのレポートに目を通していた。だからこそこの相手への返信には躊躇《ためら》いがある。論理と論理を積み重ね、相手の情報をより多く得ようとする烏丸司令官の姿勢がわかるだけに、自分の不用意な発言で相手を利することを恐れたのだ。

ここで無視できないのは、このマルクスと名乗るメッセージが何らかの罠である可能性だ。救援要請を出すことで、シャロンたちの動きを混乱させる意図がないとも限らない。もちろんガイナスの意図は不明であるが、確かなことは、これは彼らの視点ではメリットが認められる行動ということだ。

しかし、指揮官としてこの場にいるからには、恐れてばかりでは何もできない。

「名前を述べよ」

まず確実なところから、シャロンは攻めてゆく。

「我はマルクス」

その返答に、彼女は興味をそそられた。烏丸のレポートで五賢帝は「我ら」と自分たちのことを述べていた。しかし、いまは「我」と複数から単数に変わった。それは何を意味するか？

「そちらの状況を知らせよ、そう返信して」

シャロンはＡＩに命じた。

「助けるんですか、旅団長？」

ファン艦長がすかさず問いかける。救援を行うことは、戦闘に関与することになるのは容易に想像がつくが、そこで艦を直接指揮するのは彼女だからだ。

「それは返答次第。烏丸司令官によれば、拠点が攻撃されたときも同じ文面の救援要請が出された。

解釈は二つ。マルクスのコードは生きていて、それが救援を求めている。もう一つは、意味もわからぬまま通信文だけコピーされて送られてきた。

文面の意味を理解しているかどうかは、返答でわかるはず。救援が必要かどうかは、それでわかる」

とはいえ、シャロン自身は現実問題として救援はないと思っていた。五賢帝は獣知性が生んだアプリケーションである。要するにプログラムなのであり、助けようもない。

しかも、ガイナス兵の集団がなければ作動しないアプリケーションなのだから、スカイドラゴンのスパコンでプログラムを再現することも不可能だ。

だが、マルクスからの返答は、さらにシャロンを困惑させる。

「そちらとは何か？」

烏丸司令官の報告によれば、拠点での経験ではマルクスは「そちら」という意味は理解できていた。だが、いまここでマルクスを名乗る相手は「そちら」の意味がわからないという。

これは単語レベルの問題ではない。スカイドラゴンにメッセージを送ってきたマルクスと名乗る相手に、自意識があるかどうか、そこにかかわる問題だ。

「お前のことだ、とでも返しますか？」

マイアもシャロンと同じ疑問を感じたらしい。

「それも一つの方法だが、先に確認したいことがある」

シャロンはＡＩに新たな質問を用意させた。

「ネルワ、トラヤヌス、ハドリアヌス、ピウスは健在か？」

それへの返答はすぐに戻ってきた。

「ネルワ、トラヤヌス、ハドリアヌス、ピウスはマルクスである」

それもまたシャロンが予想した返答とは違っていた。

「どういうことでしょう、旅団長？　マルクスは他の四つの集合知性の仲介役だったはずですよね」

マイアに説明しながら、シャロンは自分の考えをまとめる。

「健在か？　という質問にマルクスは、自分は五賢帝と一体だと返答してきた。

冷静に考えるなら、質問の答えにはなっていない。でも、マルクスの視点では、それは嘘ではなく、回答になっている」

当惑するマイアにシャロンは続ける。

「烏丸さんの見立てでは、初期段階の五賢帝ではマルクスが仲介者だった。しかし、拠点が五賢帝の構造を最小限度に切り詰めたとき、交渉相手となるマルクスだけが残され、他の集合知性は機能を著しく縮小された。

だから健在であるとはマルクスは返答できない。同時に嘘もつけないから、自身と一体と言うしかないわけよ。

つまり、このマルクスの集合知性が五賢帝のコピーだとしても、それは拠点が破壊される直前のデータとなる」

「ということは、マルクスもまた資源的に弱い立場ということですか？」

シャロンは、マイアのその指摘に考える。第二拠点は豊富な資源を確保したはずではなかったか？

「これは粛清なのかもしれんな」

「粛清って、誰が何を粛清するというんですか旅団長？」

「第二拠点で何かの理由でマルクスが再現されてしまった。だが獣知性はその存在を認めようとしない」

「だから、マルクスは人類に救援を求めたと？」

「マルクスには味方がいない、そういうことだろうな」

シャロンたちの予測を裏付けるかのように、マルクスから緊急電が送られる。

「我は攻撃を受けている。我の攻撃者を撃退する助力を乞う」

マルクスはさらに、何かの座標データを送ってきた。戦術AIによれば、それはスカイドラゴンを原点とした時のGA70の位置にちかいが、それでも数十万キロ離れている。

その頃になると、おそらくはマルクスから送られてくると思われる画像データが届き始めた。それは烏丸司令官と五賢帝とのやり取りの中で構築された画像フォーマットによるものだ。

そこに描かれているのは、対象物がないので大きさはわからないが、シリンダー状のかなり大きさのある細長い宇宙船七隻を、束ねたような構造物だった。

中心の宇宙船を残り六隻が囲うような形状だ。それに翼のように放熱板が展開している。

マルクスはこの中にいるらしい。

「集合知性を維持するためにガイナス兵三〇万体を収容できるとして、この宇宙船の大きさは？」

「シリンダーの直径を六〇メートルとした時、全長は二〇〇〇メートルほどになります。生命維持装置、推進機関の容積から推測すると、ガイナス兵の収容容積は見かけほど多くはありません」

拠点突破に用いた宇宙船は全長が五〇〇メートル程度だった。しかし、これは全長だけでも四倍以上あり、しかも七隻が束ねられている。宇宙船の本体は連結部で相互に結合され、正面から見れば雪の結晶のような形状になっていた。

「駆逐艦シノノメは、現状の情報を確認、壱岐に帰還し、艦隊司令部と危機管理委員会に報告。本隊はマルクスが通知した座標の一〇〇万キロ手前まで前進する、以上」

シャロンはそれを命じてから、短くため息をつく。

「旅団長附、念のために確認するが、貴様は本当に幸運の持ち主だろうな？」

「もちろんです。なんでそんなこと訊くんです？」

「戦闘になりかねない状況だ、使えるリソースを確認しただけだ」

壱岐に向かったシノノメ以外の二四隻は、相互支援が可能な限界まで散開し、シャロンの指示に従い前進した。

相手の速度にもよるが、最悪、敵艦と接触するまで一時間や二時間は余裕を持てるからだ。

さすがにこの距離まで接近すると、敵の情報は先ほどよりずっと豊富に入ってきた。

まず戦術ＡＩの分析は正しかった。全長二〇〇〇メートルのシリンダー七本からなる巨大宇宙船が航行している。ただ加速性能は悪いらしく、速度は秒速五〇キロも出ていない。

その代わり、火力は充実しているらしい。シリンダーとシリンダーの接合部には、レーザー砲塔が装備されているのだろう。接合部の一部が、点滅するように赤外線放射が確認できた。そして同時に大型宇宙船の後方でも、赤外線の放射が観測された。

それは大型宇宙船のレーザー砲撃で、ガイナス巡洋艦が破壊された戦闘の現場だった。巡洋艦は破壊され、ステルス機能を失ったため、シャロンたちの宇宙船では、残骸はレーダーでも観測できた。

「同士討ち？　それとも……粛清？」

状況は、大型宇宙船を追跡してきたガイナス巡洋艦が破壊されているように見える。巡洋艦も反撃は加えているはずだが、ただ大型宇宙船に対して有効打が出せないらしい。

「旅団長、見てください！」

ファン艦長が、声をあげた。大型宇宙船に迫るように、突然、一〇〇隻あまりのガイナス巡洋艦が姿を現した。

「ガイナス巡洋艦の隻数は一〇八隻。ステルス機能を止めています」

戦術ＡＩが報告する。つまりあの大型宇宙船は、一〇〇隻以上の宇宙船に追われていたのだ。つまりガイナスにとって、あの大型宇宙船は何としてでも破壊する必要があるということだ。

そして一〇八隻の巡洋艦のレーザー光線を浴びて、大型宇宙船は機械で削り取られるように解体されてゆく。

「そうか……」

マイアが何かに気づく。

「どうした、旅団長附？」

「巡洋艦側が一方的にやられているように見えた理由です。どちらもステルス技術を使っている。

ただ、巡洋艦側が密集しすぎているので、火点が多い大型宇宙船が闇雲に反撃しても、命中弾は出るってことじゃないですか」

マイアの指摘は重要だとシャロンは思った。今のガイナスは以前と比べると戦術レベルの向上は著しい。

にもかかわらず過剰に密集するような初歩的なミスを犯しているのはなぜか？　シャロンはガイナスが珍しく感情的に動いているように思えた。

そもそもいかに巨大宇宙船とはいえ、破壊するのに一〇〇隻以上の巡洋艦投入は過剰だ。

シャロンはこの状況では、戦闘への介入ではなく、最大限の情報収集こそ優先されると判断した。

「マルクスが我に救援を求める根拠はありや？」

シャロンはあえて自分たちについて「我」という曖昧な表現を行った。それに対する返答が、集合知性が人類をどう認識しているかの判断材料になる。

しかし、ここでもまたマルクスの返答は想定外のものだった。

「マルクスは人間であり、貴殿らも人間であるからだ」

これぱかりはシャロンも意味が理解できなかった。ここでいう人間とは知性体という意味なのか？

人間とは何か？　そう尋ねたいところだが、相手がマルクスでは意味のある返答は期待できそうにない。なのでシャロンは別の質問を試みる。

「マルクスは何から危機をもたらされているのか？」

目の前の戦闘は、ガイナスが拠点を破壊したのと同様に、獣知性と集合知性の戦いではないか。シャロンはそんな印象を受けていた。

だからマルクスの返答は、集合知性から見た獣知性の名前なり概念であるはずだった。

しかし、またもマルクスは予想外の返答を寄越した。

「マルクスはゴートの脅威に晒されている」

「旅団長、ゴートって……まさか」

シャロンはマイアに頷く。

「キーロフから奪ったゴートの細胞は、ガイナスの第二拠点で成長させられた。ガイナスは人間を改良してガイナス兵を作る代わりに、ゴートのクローンに成功した。

人間を改良するより、ゴートの細胞を利用するほうが遥かに容易でしょ。第二拠点はゴートが多数派を占めつつある。

だから五賢帝同様、人間を改良したガイナス兵も用済みになった」

「そして粛清ですか……」

「それは違うな旅団長附、いま為されているのはジェノサイドだ！」

シャロンはすぐに決断する。

「第二三戦隊司令官に要請する。AFDにより、マルクスの大型宇宙船付近まで進出し、AMineを展開し、ガイナスの追撃部隊の進行を遅滞させせよ」

電波信号の往復時間が経過し、ゲンドルフ司令官より了解した旨の返信が届く。

「マルクスを救援するんですか、旅団長？」

ファン艦長が詰め寄るように尋ねる。第二三戦隊の次は、自分たちが突入するのかと。

「そんなことはしない。二三戦隊もAMineを展開したら戻る。戦隊が一斉にAMine攻撃をかけるなら、何隻かの敵艦は撃破される。そうなればマルクス宇宙船への追撃は遅れる。

そしてマルクスとの交信時間が確保できる。少しでも多く、第二拠点の情報を得るためにね」

ファン艦長との会話の間に、シャロンは質問を送っていた。

「マルクスはどこに向かっているのか？」

　返答は即時で短い。

「瑞穂星系」

　壱岐星系から一番近い星系が瑞穂星系だ。それが獣知性か集合知性かは不明だが、ガイナス兵たちは恒星間宇宙船を建造して隣の星系に脱出を試みた。

　だが、ゴート細胞をクローン化したゴート兵たちは、どういう理由からか、ガイナス兵の脱出を認めず、それを全滅させようとしている。いまマルクスの宇宙船に乗っているのが生存しているガイナス兵のすべてなのか。

　マルクスの恒星間宇宙船は、追撃部隊の攻撃により、損傷部分が目に見えて拡大していた。速力が落ち始めたというとき、第二三戦隊がＡＦＤを終え、ガイナス巡洋艦が潜むと思われる領域にＡＭｉｎｅを展開する。

　烏丸式の探査法で相手の位置を特定はしなかった。相手の牽制ならこれで十分だ。

　総計二四基のＡＭｉｎｅがガイナスが潜んでいそうな空間に放たれる。九基が巡洋艦のレーザーで撃破されたが、残り一五基が起爆に成功して、弾頭破片が狭い領域に降り注ぐ。たちまち五隻のガイナス巡洋艦が破壊され、その姿を現した。しかし、敵はまだ潜んでいるらしい。

「旅団長、センサーの計測結果がおかしい。あの一〇八隻とは別に、増援部隊と思われる少なくとも数十隻のガイナス巡洋艦が集結していると、戦術ＡＩは分析している」

ゲンドルフ司令官が報告してきた。確かにガイナス巡洋艦部隊が潜むと思われる領域で、分析不能の電波放射が増えている。

そして多数の巡洋艦が撃破されたにもかかわらず、ＡＭｉｎｅの使用をきっかけに、大型宇宙船への攻撃が激しくなった。

宇宙船の表面に、レーザー光線が命中したらしいホットスポットが急増する。損傷箇所もそれに応じて増えていた。

大型宇宙船は、損傷の激しい宇宙船モジュールを分離した。

「マルクスに、救援が必要か尋ねよ」

シャロンは戦術ＡＩにそう命じた。だが返答が届くだろう時間になってもマルクスは沈黙していた。

「あの大型宇宙船、ギリギリのリソースで運用されていたようだ。モジュールの分離で、集合知性が維持できなくなったのだな」

巡洋艦群は、モジュールの分離で身軽になり速度を上げた大型宇宙船を追撃する。損傷し、分離されたモジュールは放置された。

しかし、それは失敗だった。分離されたモジュールからも収納されていたレーザー砲塔が姿を現し、周辺の巡洋艦に攻撃を仕掛けてきた。

一瞬にして五隻の巡洋艦が破壊されたが、同時に数十隻の巡洋艦による砲撃で、全長二キロの分離されたモジュールは、瞬時に数十メートル単位の残骸に切り刻まれる。

大型宇宙船は明らかにスカイドラゴンに向かって接近しようとしていた。だがシャロンはAFDにより、全艦艇に一〇〇万キロの後退を命じた。

大型宇宙船を救わないのかと尋ねるものはいなかった。二四隻の軍艦で、一〇〇隻以上の敵艦隊と戦うなど馬鹿げている。

それ以上に問題なのは、あの大型宇宙船への救援が人類にとってプラスなのかマイナスなのかわからないことだ。これがガイナスの内紛なら、人類は不干渉の姿勢を示すべきだろう。

シャロンはこの判断で情報収集は続けたが、それ以上のことはしなかった。

自分の判断に間違いはないと思いつつも、シャロンの気持ちは平静ではなかった。人間の肉体を改造し、クローンにより量産化したガイナス兵。だがマルクスは、そのことにより、自分も人間と主張したのだ。それはマルクスの詭弁とはわかっていても、感情は割り切れるものではない。

スカイドラゴンが救援に来ないことがわかったのか、大型宇宙船は針路を変更した。それでも巡洋艦の追撃は続く。

大型宇宙船は何度かモジュールの分離を行ったが、先ほどの反省からか、巡洋艦部隊は分離されたモジュールに攻撃を集中し、それを完全破壊してから追撃を続けた。

巡洋艦の損害はすでに二〇隻を越えている。しかし、大型宇宙船も無傷ではなく、すでに中心のモジュールだけで航行していた。そして巡洋艦部隊はそれに追いつき、一斉砲撃により瞬時に切り刻む。

すでに八〇隻程度に数を減らした巡洋艦部隊だが、それらは今頃気がついたかのようにシャロンたちの部隊へと針路を転換した。

「全部隊につぐ、戦闘領域の調査のために探査衛星を放出後、壱岐へ撤退する」

こうして二四隻の軍艦は、探査衛星を残置し、壱岐へと帰還した。

＊

第二拠点から壱岐への撤収の中で、巡洋艦リミエだけは第三管区司令部に向かい、セリーヌ迫水司令官と、そこにいる烏丸三樹夫司令官に収集した情報を伝えるべく命じられていた。

報告はリミエ艦長のマー・ジンカン大佐が直接行うようにもシャロンは指示していた。経験豊富な軍人の証言が重要との判断だ。

「マルクス相手に名を名乗れか、さすが紫檀家の令嬢は抜かりがない」

三条新伍先任参謀は、烏丸がそのような視点で人を評するのを初めて見た。

「ご存知なんですか、シャロン旅団長を？」

「烏丸家の夏別荘の隣家が紫檀家の敷地じゃった。身共《みども》が学生の頃には、彼女とよく遊んだものじゃ。紫檀の家は牧場で、遊ぶ場所に不自由はせなんだ。

乗馬にも秀でてはいたが、読書が好きな、内気で無口な人形のような令嬢だった。まっ、歳月は人を変える。聡明さは変わらぬがな」

烏丸の言うことなので嘘ではなかろうが、武闘派で鳴らした降下猟兵の親玉であるシャロン少将と、読書好きで無口な人形のような令嬢とが、三条はどうしても結びつかない。

もっとも手のひらに乗るような仔猫だったココちゃんも、家人によればすでに五キロを超えているというから、猫にせよ人間にせよ、何者も成長すれば変わるのだろう。

「名乗らせるのが重要だったのでしょうか？」

「重要でござるよ三条殿。シャロンにマルクスは、我と言った。第二拠点には人類とコミュニケーションを取るための集合知性というアプリケーションが継承され、少なくともマルクスについては再現できている。第二拠点との交渉にとって、これは明るい材料ぞ」

しかし、三条は烏丸ほど楽観はできない。

「ですが司令官。第二拠点では何が起きているんでしょうか？　シャロン旅団長の報告なら、キーロフから奪ったゴート細胞で、兵士を量産していることになります。そしてマルクスを使っていた大型宇宙船のガイナスたちは仲間に粛清されています。

民族紛争でも起きているのでしょうか？」

「それは過度の擬人化でござるよ、三条殿。まぁ、仮説は色々立つが、エビデンスが足らぬ」

そして烏丸は考え込む。この人が考え込むと、三条は胃が痛くなる。何気ない事実関係から、深刻な兆候を読み取ってしまうからだ。

「状況から判断して、夷狄の戦力は巡洋艦が一〇〇と数隻であろう。今回の戦闘での損失もかなりの痛手のはず。

第二拠点の位置も明らかになった。夷狄にとって状況はあまりにも不利ではないか。なのになぜ、夷狄は集合知性を用意せぬのだ？　スカイドラゴンに対して、何某かのアプローチも可能であっただろうに」

「大型宇宙船への勝利で、自分たちなら勝てると浮かれているとか？」

「なるほど、驕《おご》りか。三条殿、しかし、驕っているのは我らやもしれぬ」

そうした中で、危機管理委員会からの至急の伝令艦が到着する。ガイナスの第二拠点に総攻撃をかけるため、重巡洋艦クラマにも出撃せよとの命令だった。艦隊司令長官名の命令ではあるが、起草者は危機管理委員会であった。総攻撃開始は一週間後だ。

烏丸司令官は驚愕し、クラマ艦長の藤原八姫《ふじわらはつき》大佐に命じた。

「重要な命令故に、壱岐に確認を行う。出撃準備に入れ」

そして怒りの表情で、三条に言い捨てた。

「痴《し》れ者ども、壱岐を丸裸にするつもりか！」

＊

そのガイナス巡洋艦は、ただ一隻、密かに第二拠点から内惑星系に移動していた。船体表面には、赤外線放出を抑制し、レーダー波も吸収する素材が施されていた。

ガイナスは長年にわたる人類の電波傍受から、星系防衛軍の第二管区と第三管区の接続部領域が、著しく警備が手薄であることを知っていた。

そうして壱岐から一二天文単位の領域まで接近することができた。そして巡洋艦を一天文単位だけ加速した。それ以上接近しての加速は気取られる可能性が高かったからだ。加速を終了した時点で、巡洋艦は毎秒五〇〇〇キロほどの速力になっていた。

加速せず、慣性航行でこの水準の速度を出している時、もっとも発見されにくいという観測結果による。

人類は宇宙船でそうした運行を行わない。だから宇宙船を管理する第二管区には、こうした物体の運行を察知する態勢がない。

そのまま四日間、巡洋艦は慣性航行を続けた。そして軌道の微調整を行いながら飛び続けた。

どこを直撃すべきかはわかっていた。惑星壱岐でもっとも情報が集中する、首都の壱岐を目指すのだ。

星系防衛軍も宇宙要塞も、秒速五〇〇〇キロで移動する巡洋艦の存在に気がつかなかった。壱岐の軌道上まで接近してはじめて気づいたが、すべてが遅すぎた。

巡洋艦は首都壱岐の統領府を直撃した。宇宙船は地殻をも貫通し、首都は壊滅した。住民の多くが、何が起きたのかを理解するまもなく、死亡した。

（次巻、完結）

本書は、書き下ろし作品です。

著者略歴　1962年生，　作家　著書『ウロボロスの波動』『ストリンガーの沈黙』『ファントマは哭く』『記憶汚染』『進化の設計者』（以上早川書房刊）他多数

HM=Hayakawa Mystery
SF=Science Fiction
JA=Japanese Author
NV=Novel
NF=Nonfiction
FT=Fantasy

星系出雲《せいけいいずも》の兵站《へいたん》—遠征《えんせい》—4

〈JA1432〉

二〇二〇年五月二十日　印刷
二〇二〇年五月二十五日　発行
（定価はカバーに表示してあります）

著　者　林《はやし》　譲《じょう》　治《じ》
発行者　早　川　浩
印刷者　矢　部　真　太　郎
発行所　株式会社　早　川　書　房
郵便番号　一〇一 - 〇〇四六
東京都千代田区神田多町二ノ二
電話　〇三 - 三二五二 - 三一一一
振替　〇〇一六〇 - 三 - 四七七九九
https://www.hayakawa-online.co.jp

乱丁・落丁本は小社制作部宛お送り下さい。送料小社負担にてお取りかえいたします。

印刷・三松堂株式会社　製本・株式会社明光社
© 2020 Jyouji Hayashi　Printed and bound in Japan
ISBN978-4-15-031432-3 C0193

本書のコピー、スキャン、デジタル化等の無断複製は著作権法上の例外を除き禁じられています。

本書は活字が大きく読みやすい〈トールサイズ〉です。